Ausführliche Informationen über unsere Autor*innen und
Bücher finden Sie auf unserer Website
www.scylla-verlag.de

Christoph Brüggentisch

SPÄTBURGUNDER BLUES

Bergischer Krimi

SCYLLA VERLAG
Bergischer Krimi

Bibliografische Information der Deutschen Nationalbibliothek:

Die Deutsche Nationalbibliothek verzeichnet diese Publikation in der Deutschen Nationalbibliografie; detaillierte bibliografische Daten sind im Internet über http://dnb.d-nb.de abrufbar.

1. Auflage
Taschenbuchausgabe September 2018

Covergestaltung: Julia Echterhoff / Nachbearbeitung: Michael Thelen
Grafik: istockphoto
Lektorat und Korrekturat: Jeannette Graf / Mea Kalcher / Daphne van de Burgwal
Buchsatz: Andreas Burbach
Druck und Bindung: Pressel Digitaler Produktionsdruck, Remshalden, Deutschland
Verlag: Scylla Verlag UG (haftungsbeschränkt), Köln/Bergisch Gladbach
ISBN: 978-3-945287-29-3

Zitate und Nennungen (Bücher):
Jean-Claude Izzo: Die Marseille-Triologie, Zürich 2007, S. 588
Immanuel Kant: Kritik der reinen Vernunft
Carsten Sebastian Henn: In Dubio Pro Vino
Emmanuel Delaporte: Haben Sie Zeit und Geduld?
Johann Wolfgang Goethe: Faust – Der Tragödie zweiter Teil
Solon: Sprüche Solons

Dorothea Kosts zweite Ermittlung

Für die ‚Plonks'

DIE HAUPTAKTEURE

Paula Baumrot:	Ärztin
Markus Daun:	Galerist
Theodor (Theo) Franz:	Anlageberater
Elke Franz:	Ex-Ehefrau
Bernd Haas:	Versicherungsmakler
Dorothea (Dora) Kost:	Kriminalbeamtin
Torwald Krawald:	Weinhändler
Johannes Montus:	Restaurantkritiker
Kai Pfundt:	Architekt
Dieter Schmitz:	Journalist
Bettina Stammfeld:	Kriminalbeamtin
Stefan Tau:	Berber
Maximilian (Max) von Lofte:	Künstler

Das war Freundschaft, diese Summe gemeinsamer Erinnerungen, die man zu einem guten, gegrillten Seewolf mit Fenchel auftischen konnte.

Jean-Claude Izzo

PROLOG IN ROT

Das war also das Letzte, was er in seinem Leben wahrnehmen sollte. Ein weißes Hemd, darunter ein Dreieck bleicher Haut, auf die in kleinen Lettern ‚La Tache 1962' eintätowiert war.

Eigentlich war Theodor Franz in seinen reich gefüllten Weinkeller gegangen, um nach einem Ruster Ausbruch zu schauen, den er Freunden am nächsten Tag zum Nachtisch eines grandiosen selbst kreierten Menüs kredenzen wollte.

Er war sich nicht sicher, ob er noch eine Flasche dieses Teufelzeugs vom Neusiedler See auf Lager hatte. Bei einem Bestand von etwa eintausend Weinen konnte das niemand ernsthaft erwarten.

Im Gewölbekeller war es düster, schließlich sollten die wertvollen Tropfen keinen Schaden durch übermäßige, künstlich erzeugte Helligkeit nehmen. Da war Franz sehr pingelig, wie in vielen anderen Dingen auch, die seine Leidenschaft betrafen. Er bedauerte, dass seine Exfrau hierfür kein Verständnis gehabt hatte. Elke hatte das gemeinsame Haus in Hahnwald vor vier Jahren fluchtartig verlassen. Ihre Eifersucht richtete sich insbesondere gegen einen ultrateuren Chateau Petrus, von dem er eine Kiste mit zwölf Flaschen auf einer Auktion erstanden hatte. Der Erwerb des VW Golfs für Elke musste dafür allerdings zurückgestellt werden, was sie ihm mehr als übel genommen hatte. Sie hatte ihn daraufhin vor die Wahl gestellt: Entweder der Wein verließ das gemeinsame Heim oder sie selbst würde für immer gehen. Nun ja, eine wirkliche Wahl hatte er eigentlich nicht gehabt.

Der Petrus half ihm über den Trennungsschmerz hinweg.

Wein beinhaltet das strahlende Wesen der Ewigkeit, die Ehe dagegen den Keim des abnutzenden Verfalls.

Doch das alles war nun belanglos. Er lag in seinem eigenen Blut, das sich mit einer Rotweinlache auf dem Boden seiner Schatzkammer zu einem an sich aparten Rotton vermischte.

‚La Tache 1962'… Ein in jungen Jahren extrem unterschätzter Wein, dachte Franz. *Hatte er den nicht selbst…?* Mehr Zeit blieb ihm nicht, da ihm eine Flasche Chateau Talbot 1979 die Schädeldecke geöffnet hatte.

DIE KUNST DER UNWAHRHEIT

Hatte sie wirklich drei Kilo zugenommen?

Und Weihnachten war noch gar nicht gelaufen.

Johannes hatte eindeutig einen extrem schlechten Einfluss auf ihre Essgewohnheiten.

Seit ihrer Brustoperation hatte Dorothea Kost einiges zugelegt und das, obwohl sie das Gewicht eines Busens verloren hatte. Johannes störte beides offensichtlich nicht. Er fand sie, wie er immer wieder betonte, angenehm griffig. Aber seit wann hörte sie auf einen Mann?

Die Pfunde mussten runter. Das war der Grund, warum Kost nun in Sportdress und Mütze, dick eingepackt gegen die Kälte, vor ihrer Haustür in Bergisch Gladbach-Frankenforst stand und im Begriff war, loszutraben.

Joggen war eine ziemlich langweilige Angelegenheit, aber gut für die Figur; Brust, Beine, Po. Außerdem benötigte sie heute Zeit zum Nachdenken. Und das konnte man dabei ganz gut.

Das letzte MRT von ihrer rechten Brust bereitete ihrem Arzt etwas Sorge. Wie drückte er sich noch aus? *Da hat sich irgendetwas angereichert*, oder so ähnlich.

Weitere Untersuchungen sollten folgen: Mammographie, Ultraschall, gegebenenfalls Biopsie. Die ganze Prozedur, die sie schon einmal durchgemacht hatte. Und was ihr am Ende bevorstand, wusste sie schon, eine weitere Operation, Chemotherapie, Ängste, abwechselnd depressive und hoffnungsvolle Phasen sowie die Notwendigkeit, allen möglichen Leuten, angefangen bei ihren Eltern, über ihre Freunde, bis zu guter letzt Johannes, detailliert Auskunft über ihre Befindlichkeit zu geben.

Sie mochte nicht daran denken.

Hätte sie vielleicht die Hormonbehandlung gegen den Krebs doch nicht abbrechen sollen? Die Nebenwirkungen waren beträchtlich gewesen. Der ständige Schwindel war nicht mal das Schlimmste. Auch die Blasenentzündungen, die eindeutig ihr Liebesleben gehemmt hatten, waren in den Griff zu kriegen.

Aber es gab einen Aspekt bei der Behandlung, der sie besonders belastet hatte. Durch die Medikamente wurde Kost vorzeitig in ihre Menopause geschickt. Sie hatte sich alt, wenig begehrenswert und schwach gefühlt und beschlossen, dass das aufhören musste.

Darüber hatte sie mit Paula Baumrot gesprochen, die ihre beste Freundin und zugleich Ärztin war.

An ihre Antwort konnte sie sich noch genau erinnern: „Die psychische Verfassung spielt eine genauso entscheidende Rolle im Kampf mit dieser tödlichen Krankheit wie die physische. Es hört sich verkehrt herum an, aber wer krank an Geist und Seele ist, kann körperlich nicht gesund werden. Auch wenn die Lateiner das anders gesehen haben.“ Das sollte sie, so Paula, immer bedenken.

Kost musste also eine Entscheidung treffen. Nahm sie die Tabletten weiter, würde sie sich wie ihre eigene Oma fühlen, aber das Risiko einer erneuten Erkrankung würde sinken. Ließ sie sie weg, würde ihr Körper vielleicht weiteren Schaden nehmen, dafür wäre Kost sie selbst, eine Frau in den besten Jahren.

Also schmiss sie die Tablettenpackung noch am gleichen Abend in die Mülltonne. Andere Frauen hatten sich in der Vergangenheit anders entschieden und würden sich in der Zukunft anders entscheiden, für

Dorothea Kost dagegen war das der richtige Weg. Ihre Entscheidung.

Und nun sah es so aus, als sei diese Entscheidung falsch gewesen. Der Arzt hatte diese „Anreicherungen“ in ihrer Brust gefunden, „was durchaus möglicherweise ein Tumor sein könnte.“

Dass Ärzte sich nie klar ausdrückten.

Auf jeden Fall hatte ihr Doktor sie weiter krankgeschrieben, was so gar nicht zu ihren Plänen passte.

Kost beendete ihre Runde um den Block, wie sie es nannte, und stand wieder vor ihrem Haus.

Sie war ganz schön außer Atem, denn in ihre Gedanken versunken, war sie die Strecke etwas flotter angegangen, als sie es üblicherweise tat. Sie keuchte und bemühte sich, wieder Luft zu bekommen. Dementsprechend ungelegen kam das Klingeln ihres Handys.

Sie sah auf das Display, es war Johannes.

Wollte sie drangehen?

Was für eine Frage. Natürlich wollte sie das.

So weit ist es schon gekommen, dachte sie, *jetzt bist du dem Kerl schon irgendwie hörig, zumindest was seine Anrufe betrifft.*

„Hallo Johannes, du erwischst mich gerade beim Laufen, bin daher etwas kurzatmig.“

„Sorry, aber seit wann läufst du? Diesen überaus sportiven Wesenszug kenne ich noch gar nicht an dir. Ich muss zugeben, das macht mir etwas Angst. Ich dachte immer, ich hätte eine Freundin, die genauso unsportlich ist, wie ich.“ Johannes war offensichtlich bester Laune. Oder tat er nur so?

„Du selbst bist daran schuld, alter Knabe. Du hast mich in den letzten Monaten zu sehr mit Leckereien vollgestopft. Wenn du allerdings eine rotbäckige, aufgedunsene und schlaffe Gefährtin vorziehst, höre ich sofort auf, harmlose Passanten über den Haufen zu rennen.“

„Wäre sicherlich reizvoll mit einer rumkugelähnlichen Partnerin liiert zu sein. Zumindest für einen Restauranttester wie mich."

„Sehr interessant, das sollten wir tiefenpsychologisch unbedingt ausloten. Du projizierst deine Lust am Essen auf das figürliche Aussehen deiner Geliebten."

„Na ja, schon Freud sagte: Eine Rumkugel ist manchmal nur eine Rumkugel, oder?"

„Ich bin mir nicht so sicher, dass Freud das so gesagt hat. Aber sei´s drum, warum hältst du mich von meiner Dusche fern?"

„Ich wollte dich nur fragen, ob du schon Untersuchungsergebnisse aus dem Krankenhaus bekommen hast? Alles in Ordnung bei dir?"

Mist! Kost war sich noch nicht sicher, ob sie Johannes von den so genannten Anreicherungen erzählen sollte. Noch war ja alles im Ungewissen. Warum ihn beunruhigen?

„Hey, was ist?", hörte sie Johannes am anderen Ende der Leitung schon etwas unruhiger fragen. „Hat es dir die Stimme verschlagen oder ist es was Schlimmeres?"

„Nein, nein Süßer, alles in Ordnung, bin halt immer noch aus der Puste, musste nur einmal durchatmen. Die Ergebnisse sind okay, kein Grund zur Sorge. Du wirst mich nicht so schnell los, wie du vielleicht gehofft hast."

Das war sehr kunstvoll geflunkert, dachte Kost, *hoffentlich merkt Johannes nichts.*

„Prima, Dora! Mensch, bin ich erleichtert! Ich freue mich so. Dann sollten wir diese frohe Kunde doch gebührend feiern. Dusch mal ausgiebig, wirf dich in Schale, ich hole dich gegen neunzehn Uhr ab."

„Wie bitte, schon wieder essen gehen? Das kannst du mir nicht antun, du Scheusal."

„Ich habe ein neues Restaurant entdeckt. Nennt sich ‚Kulinarischer Treffpunkt' und soll ein hervorragender Ort für Essverrückte sein. Ich erwäge, eine Restaurantkritik über das Etablissement zu verfassen, und mich interessiert deine Meinung. Der Koch führte übrigens früher das ‚Bizim' in Köln. Ich habe dir doch davon erzählt. Er ist einer der besten türkischen Köche in Deutschland."

„Dem hast du doch auch ein Messer aus der Küche geklaut."

Johannes hatte die Eigenart, aus den wirklich guten Restaurants ein Messer als eine Art Trophäe mitgehen zu lassen.

Dies hätte ihm vor nicht allzu langer Zeit beinahe eine Mordanklage eingebracht.

Andererseits: wäre er damals nicht verdächtig gewesen, hätten sich Dora und er nie kennengelernt. So hatte alles auch seine guten Seiten.

„Meinst du, der lässt dich nach dieser Erfahrung überhaupt in sein neues Lokal rein?", frotzelte Kost.

„Kein Problem, der Koch ist ein alter Freund."

*

Er besaß ein kleines Handelshaus für ausgewählte Weine aus den wichtigsten Anbaugebieten. Bordeaux, Burgund, Priorat, Rioja, Toskana.

Zumindest war das seine professionelle Einschätzung.

Seine persönliche Leidenschaft galt allerdings eindeutig dem französischen Pinot Noir.

Er verkaufte zwar auch Spätburgunder, die deutsche Bezeichnung für die Pinot Noir Traube, aber eine enge Freundschaft war zu diesen einheimischen Gewächsen noch nicht entstanden. Ihnen fehlte einfach der französische Touch.

In letzter Zeit gab es immer mehr Kunden, die nach Burgundern fragten. Das erfüllte ihn mit Freude. Es zeigte ihm, dass die Kenner wieder verstärkt elegante, ausdrucksstarke Weine zu schätzen wussten.

Bordeaux und insbesondere die Rotweine aus der neuen Welt wurden dagegen zu immer größeren Tanninmonstern, die sich anschickten, den differenzierten Genuss zu verschlingen.

Das gedachte Krawald auch mit dem Herrn mittleren Alters zu diskutieren, der gerade in seinem Geschäft stand und einen Pinot Noir für das Weihnachtsfest suchte.

„Es sollte schon etwas Besonderes sein fürs Fest“, betonte der Kunde.

„Ich verstehe. Und da sind Sie bei mir genau richtig. Vielleicht darf ich mich kurz vorstellen: Mein Name ist Torwald Krawald mit zweimal Wald am Ende.“

„Torwald Krawald … Da haben es ihre Eltern aber eine Idee zu gut gemeint, oder?“ Der Mann lachte über seinen eigenen platten Scherz.

Krawald zeigte keine Reaktion auf diese Bemerkung. Vielmehr fuhr er sachlich fort: „Mir gehört dieses Geschäft und ich möchte nicht überheblich klingen, aber die Burgunder sind mein Spezialgebiet.“

„Na dann, was können Sie denn für das Fest der Liebe empfehlen?“

„Wenn Sie etwas Besonderes bevorzugen, sollte ein Spitzenerzeugnis aus der Côte d´Or Ihnen zusagen.“

„Was immer Sie sagen.“

„Aus den Appellationen Clos de Vougeot oder Chambertin. Der Clos de Vougeot von Leroy weist höchstmögliche Finesse und individuelle Klasse auf. Er lässt aber auch eine gewisse Dichte in der Textur nicht vermissen.“

Krawald nahm eine bauchige Flasche aus einem der Regale,

streichelte sanft mit der Handfläche über das Etikett und zeigte sie seinem Kunden.

Der Mann zwinkerte Krawald kumpelhaft zu. „Also der richtige Wein für ein weihnachtliches Besäufnis. Wissen Sie, Weihnachten gibt meines Erachtens nicht viel her, außer dem Umstand, dass man sich mal so richtig und gepflegt volllaufen lassen kann. Das Christkindl wird schon ein Auge zudrücken."

Diese Reaktion auf seine Empfehlung veranlasste Krawald, die Flasche wieder an ihren Aufbewahrungsort zurückzustellen und einen anderen Wein aus einem höheren Regal zu entnehmen. „Wenn Sie einen so genannten Zechwein bevorzugen, rate ich Ihnen eher zu einem Moulin-à-Vent. Ein wunderbarer Beaujolais mit Biss und schönen Schokoladenaromen, was meines Erachtens ganz hervorragend zu Weihnachten passt. Er lässt sich auch ausgezeichnet mit vielen Fleischgerichten kombinieren. Ein weiterer Vorteil dieses Weins ist, dass er günstiger ist als andere Cru-Burgunder und trotzdem hervorragend schmeckt."

„Am Geld soll es nicht liegen", entgegnete sein Gegenüber. „Schmecken soll er und keinen dicken Kopf machen."

„Das ist mit diesem Wein kein Problem. Alle Burgunder, die ich führe, sind überaus verträglich. Das versichere ich Ihnen."

„Ich verstehe. Wie ich sehe, sind das noch recht junge Weine, die Sie mir bisher gezeigt haben. Führen Sie gegebenenfalls auch etwas ältere Jahrgänge in ihrem Laden?"

„Durchaus. In meinem Keller liegen einige Kostbarkeiten von ausgewählten Winzern."

„Wie sieht es mit einem Grands-Echézeaux von 1988 aus? Ich habe gehört, dieser Wein soll großartig sein."

Krawald war erstaunt, zeigte dies aber nicht. Offensichtlich verstand der Mann vor ihm doch mehr von Burgunder, als er zunächst gedacht hatte. Oder hatte dieser nur irgendwo den Namen zufällig aufgeschnappt? Es passierte schließlich nicht selten, dass Leute mit ausgeschnittenen Weinkritiken zu ihm kamen und genau diesen, in einem Artikel eines beliebigen Weinpapstes so hochgepriesenen Wein, erstehen wollten.

„Zu meinem Bedauern muss ich verneinen. Weine aus dieser fantastischen Grand-Cru-Lage fehlen auch mir in meiner Sammlung, insbesondere aus diesem hervorstechenden Jahrgang. Aber vielleicht kann ich Ihnen etwas Vergleichbares zeigen?"

„Nein, vielen Dank. Meine Zeit ist überaus knapp bemessen und ich muss wieder los."

„Darf ich Ihnen denn ein paar Flaschen Moulin-à-Vent einpacken?"

„Ich werde es mir noch einmal überlegen und Sie dann gegebenenfalls nochmal aufsuchen. Vielen Dank."

Krawald kam es beinahe so vor, als würde der Kunde fluchtartig sein Geschäft verlassen.

*

Dora kam gerade aus dem Bad, als Paula bei ihr durchläutete. „Hast du es Johannes erzählt?" In ihrer Stimme klang offenkundige Skepsis mit.

„Nein, ich habe es ihm noch nicht gebeichtet. Er ist noch nicht so weit."

„Du meinst wohl, *du* bist noch nicht so weit. Dora, du solltest es deinem Freund sagen. Ihr müsst da gemeinsam durch."

„Du weißt, so etwas mache ich lieber mit mir allein aus. Außerdem ist ja noch gar nicht sicher, was bei den nächsten Untersuchungen rauskommt. Warum also die Pferde scheu machen?"

„Blödsinn! Gerade in dieser Zeit der Ungewissheit solltet ihr beiden Händchen halten, um es einmal bildlich auszudrücken."

„Ich überleg es mir. Wenn ich Johannes heute Abend sehe, spreche ich vielleicht mit ihm."

„Nicht nur vielleicht!"

„Lass uns über etwas anderes reden. Was machen deine Weihnachtseinkäufe für Maximilian?"

„Ich habe etwas ganz Besonderes für ihn entdeckt."

„Hemd, Krawatte oder Socken?"

„Wenn du das unter einem geeigneten Weihnachtsgeschenk für einen Mann verstehst, möchte ich am Heiligen Abend nicht in Johannes Haut stecken. Nein, Max bekommt einen echten Hammer."

„Na, schieß schon los. Was ist es?"

„Wie du weißt, hält sich Max doch für einen Gourmet erster Güte. Nicht ganz so wie dein Johannes, aber er sieht sich als kenntnisreicher Amateur in den Dingen des täglichen Genusses und guten Geschmacks."

„Zumindest raucht er erlesene Zigarren und versteht etwas von Rum."

„Das natürlich auch. Aber er bekommt von mir einen Kochkurs geschenkt."

„So, so. Malt Maximilian nicht lieber, als dass er kocht, wenn mir dieser kritische Einwurf gestattet sei?"

„Stimmt natürlich, das Malen steht als seine Profession an erster Stelle. Aber seitdem er mit dir und Johannes intensiver verkehrt, hat er seine Lust am Kochen wiederentdeckt."

„Aber trotzdem, Paula, ein Kochkurs zu Weihnachten, ist das nicht ein klein wenig einfallslos? Da ist es ja besser, du bindest dir eine rote Schleife um deinen Luxuskörper und schenkst dich selbst."

„Dieses Geschenk erhält er doch sowieso als Bonus obendrauf. Der

Clou allerdings ist: Das besagte Seminar beschäftigt sich zwar mit der Zubereitung von Speisen, aber ganz speziellen Speisen."

„Handelt es sich um eine Veranstaltung für Veganer oder für Molekularfanatiker?"

Paula begann herzlich zu lachen: „Weit gefehlt. In dem Kurs geht es um die Zubereitung von Insekten."

„Wie bitte? Kann man diese verdammten Viecher tatsächlich so präparieren, dass man sie verspeisen kann?"

„Und das auch noch dergestalt, dass kein bleibender Schaden am Verdauungstrakt angerichtet wird. Brillante Idee von mir oder etwa nicht?"

*

„Johannes, ist dir eigentlich aufgefallen, dass wir fast nur noch auswärts essen? Ich muss dir sagen: Meine Figur und ich sind darüber sehr unglücklich."

Dora und Johannes waren im Begriff in das Restaurant ‚Kulinarischer Treffpunkt' in Refrath einzutreten, als Dora diese Schelte noch schnell loswerden musste.

„Gutes Essen trägt aber zu unserem Seelenheil bei."

Johannes hielt Dora die Eingangstür auf. Sie kam nicht dazu, etwas zu erwidern, da die Dame des Hauses sie sofort herzlich in Empfang nahm und ihr zeitgleich den Mantel entriss. Auch Johannes erfuhr diese freundliche Begrüßung. Selbst Enis Akisik, der Chefkoch und Ehemann ihrer Gastgeberin, kam aus seiner Küche.

Er war hocherfreut, seinen alten Bekannten wiederzusehen, und, wie er charmant formulierte, Johannes „entzückende" neue Freundin kennenzulernen.

Nachdem sich alle ausgiebig umarmt hatten, fragte Akisik: „Haste noch mein Messer, du Mistkerl?“

Johannes grinste. „Schneidet immer noch hervorragend für ein Messer von einem türkisch-kölschen Koch. Kaum zu glauben, aber wahr.“

„Dann kannste ja deine Hände von meinen anderen Messern lassen. Und übrigens, die Küche ist für dich auf immer tabu.“ Akisik schmunzelte und kehrte in seine Küche zurück.

Akisiks Frau geleitete sie zu ihrem Tisch.

Das Restaurant bestand mehr oder weniger aus einem länglichen Schlauch, war aber sehr gemütlich, wie Dora fand.

Gedämpftes Licht aus goldenen Lampen beleuchtete die Szenerie. Kleine Kunstgegenstände aus Holz waren als Dekoration auf den Tischen platziert. Auf ihrem eigenen stand ein abstraktes Tier mit Wackelkopf, das einem Elefanten glich.

Sie bestellten einen Aperitif.

Als dieser eingeschenkt war und sie den ersten Schluck zu sich genommen hatten, wollte Dora Johannes über ihren Befund aufklären, doch bevor sie loslegen konnte, legte Johannes Handy los.

„Kannst du das nicht wenigstens im Restaurant ausschalten?“, zischte sie.

„Tut mir leid! Eine gewisse Erreichbarkeit ist der Preis für meinen guten Ruf als Tester. Es ist übrigens ein Mitglied meines Weinclubs. Vielleicht hat er ja eine gute Empfehlung für den heutigen Abend.“

Bevor Dora weitere Widerworte geben konnte, nahm er das Gespräch an. „Hallo Bernd, lange nichts von dir gehört. Was macht der Weinkeller? Gut gefüllt?“

Das waren für lange Zeit die letzten Worte, die Dora von Johannes vernahm. Aufmerksam hörte er seinem Freund Bernd Haas zu, während seine Miene immer düsterer wurde.

Dora war Bernd das erste Mal auf einer Weinverkostung zum Thema „Chardonnay around the world" begegnet. Bernd war genauso passionierter Weintrinker wie Johannes. Beruflich betätigte er sich als Versicherungsmakler und hatte auch schon versucht, Dora eine Lebensversicherung schmackhaft zu machen. Er ließ erst locker, als Kost ihm erklärte, dass keine Versicherung der Welt sie mit ihrer Vorerkrankung nehmen würde. Stattdessen versuchte er, ihr jetzt eine Unfallversicherung zu verkaufen.

Eine gefühlte Ewigkeit später stöhnte Johannes in sein Handy: „Das ist ja schrecklich. Weißt du schon, wann die Beerdigung ist?"

Dora horchte auf. Stille. Dann sagte Johannes: „Gut ich melde mich bei dir, wenn ich zu Hause bin." Er beendete das Gespräch.

„Was ist passiert?", fragte Dora.

„Du kennst doch Theodor, der ebenfalls Mitglied in unserem Weinclub ist?"

„Du meinst den Plonk-Club. Ja, den habe ich im Rahmen einer der vielen Weinproben kennengelernt. Komischer Kauz."

„Seine Putzfrau hat ihn im Weinkeller gefunden. Tot. Jemand hat ihn erschlagen."

Nach dieser Nachricht war Johannes die Lust auf ein angenehmes Abendessen vergangen.

Er entschuldigte sich bei Enis und Barbara und verließ mit Dora das Lokal.

Auf dem Weg zum Wagen gab er Dora einen kurzen Abriss des Gesprächs mit Bernd: „Theodor ist mit einer Flasche Wein erschlagen worden. Es war wohl eine aus seinem eigenen Keller, Talbot 1979."

„Ein nicht unpassendes Ende für einen Weingourmet, findest du nicht?" Eine blöde Bemerkung, die Dora sofort peinlich war.

„Mach bitte keine Witze." Johannes war verärgert. „Die Polizei tappt wohl noch im Dunkeln. Bernd und einige andere Freunde waren bei Theodor zum Essen eingeladen. Als er ankam, war die Kripo schon vor Ort. Deine Kollegen haben ihn nach seiner Beziehung zu dem Toten befragt, was Bernd verständlicherweise irritiert hat. Er hat übrigens aufgeschnappt, dass deine Kollegin, Bettina Stammfeld, die Untersuchung leitet. Seit wann darf sie das?"

„Ist doch klar. Bettina ist die Karriereleiter nach oben gefallen. Grothe hat sich in deinem Fall in allen Belangen verschätzt. Da haben ihm seine schwere Verletzung und der Krankenhausaufenthalt auch nicht geholfen. Der macht erst einmal Zwangsurlaub. Wenn du möchtest, kann ich Bettina ja einmal anrufen", sagte Dora. Sie hoffte, dass dieses Angebot ihren Fauxpas von eben wieder gut machen würde.

Johannes stieg darauf ein. „Das wäre nett von dir. Theo war zuweilen zwar etwas seltsam, aber dennoch ein guter Freund. Er war außerdem ein exzellenter Weinkenner. Ich kann es kaum fassen, dass er tot ist."

„Tut mir wirklich leid um deinen Freund, Johannes. Bettina wird mir sicher etwas sagen können."

„Schon seltsam ..." Johannes öffnete den Wagen. „Seitdem ich dich kenne, gehört Mord irgendwie zu meinem Lebensalltag."

„Keine Partnerschaft ist vollkommen."

*

Ein Mensch war gestorben. Wie sah es da mit der Moral aus?

Theodor Franz hatte ihn im Weinkeller überrascht. Zu diesem Zeitpunkt hatte er nicht mit ihm gerechnet.

Als Franz dann tatsächlich die Treppe hinuntergekommen war,

war ihm nichts anderes übrig geblieben, als ohne Zögern und Gewissen zu handeln. Oder hatte er das von Anfang an so geplant?

Im Irak, Syrien, Pakistan oder Afghanistan verbluteten täglich unzählige Menschen. Und auch da krähte kein Hahn nach, ob nun zwanzig oder zweihundert, Greise oder Kinder, Männer oder Frauen.

Angesichts der täglichen Nachrichten wurde der Tod belanglos. Er wurde durch seine Beliebigkeit abstrahiert zu etwas Unwirklichem, Unbegreifbarem.

Ein Toter in Köln mehr oder weniger würde keinen Unterschied machen.

Er fühlte sich frei von Schuld. Die Bedürfnisse seines Ichs standen in seinen Augen eindeutig über den Bedürfnissen der breiten, anonymen Masse.

Es gab Philosophen, die die Auffassung vertraten, dass nur das eigene Denken existiert. Die das Ich umgebende Realität wäre dann eine reine Projektion des eigenen Bewusstseins.

Die Konsequenz dieses Gedankens war eindeutig: Seine Vorstellungen konnte er nach seinem persönlichen Gusto gestalten. Dazu gehörte auch das Töten eines Menschen, wenn es dem subjektiven Zweck diente. Und dies war für ihn eine unumstößliche Wahrheit. Keine moralische Instanz konnte ihn von dieser Sichtweise abbringen, denn letztlich war er der Einzige auf der Welt, der sich diese Welt ausdachte. Er war mutterseelenallein und musste seinem Leben einen Sinn geben, der sich nur aus ihm selbst ableitete.

Fühlte er sich einsam? Das war es bisher gewesen, was sein Dasein so schwer gemacht hatte. Seit er denken konnte, fühlte er eine an Depressionen angrenzende Melancholie. Auch eine Phalanx von Psychologen, Neurologen und Psychiatern hatte daran nichts ändern können. Das Gefühl des existentiellen Alleinseins wollte nicht verschwinden.

Er hatte begonnen, Netzwerke zu bilden. Virtuell über Facebook und im wahren Leben durch verstärkten gesellschaftlichen Umgang. Er hatte auf die eine wie auf die andere Weise viele Menschen kennengelernt, doch das Einsamkeitsgefühl wich nicht von ihm.

Erst die intensivierte Lektüre philosophischer Abhandlungen hatte – wie nannte man das so schön - die Erleuchtung gebracht. Er war dem Rat seiner Ärzte gefolgt und hatte von Platon bis Sartre, von Aristoteles bis Kant, von Thomas von Aquin bis Hegel alles gelesen, was er in die Finger bekommen hatte.

Aber erst Descartes' „Ich denke, also bin ich" hatte ihn auf den richtigen Pfad gebracht.

Das Universum bestand nur aus Gedanken mit ihm selbst als Mittelpunkt. Diese Maxime musste sein Handeln bestimmen und nicht etwa soziale Gesetze oder Regeln des so genannten Anstands. Wenn er allein auf der Welt war, nein, die Welt war, konnte er tun und lassen, was er wollte. Er selbst definierte sein Leben und den Sinn seiner Existenz.

Das war es, was er nun begonnen hatte zu tun.

Er kam zu dem Schluss, dass er weder Theodor Franz Leben noch Tod eine Bedeutung beimaß. Pech gehabt.

Er spürte die kunstvolle Tätowierung auf seiner Brust, die den Anfang seines neuen Lebens repräsentierte. Sie brannte noch in seiner Haut, aber es hatte sich gelohnt.

*

Er hatte Dora nach Hause gebracht und war dann zu seiner eigenen Wohnung gefahren. Nach der schockierenden Nachricht dieses Abends wollte er allein sein.

Sie hatte das verstanden.

Er nippte an einem Glas Barolo von Pio Cesare, der gut zu seiner gedrückten Stimmung passte. Theo war tot, das war ein unverrückbarer, elendiger und furchtbarer Schicksalsschlag.

Was ihm allerdings ebenfalls schwer zu schaffen machte, war die Beziehung zu Dora. Es lief irgendwie nicht rund.

Partnerschaft ist der Kompromiss, den man bewusst bereit ist, einzugehen. Aber wollte er immer noch diesen Kompromiss, wollte sie ihn immer noch? Johannes war sich nicht sicher. Er hatte den Eindruck, dass sich seine Freundin mehr und mehr in sich zurückzog, ihn immer seltener an ihrem Leben teilhaben ließ. Er stand außerhalb von Doras Lebenskreis.

Er hatte es eigentlich heute Abend ansprechen wollen. Doras Untersuchungen waren gut verlaufen und so stand einer eingehenden, unbefangenen Analyse ihrer Beziehung nichts mehr im Wege.

Bernds Anruf und die Nachricht von Theos Tod waren ihm dazwischen gekommen. Wenn es mal dicke kam, dann aber richtig.

Er musste die Aussprache mit Dora verschieben. Aber auf wann? Wann war der richtige Zeitpunkt? Er wusste es im Moment nicht.

Er dachte an Theo. Er hatte erst kürzlich mit ihm zusammen zwei Flaschen Chateau Clinet 1997 getrunken. Der letzte Jahrgang bevor auf dem Chateau der Besitzer wechselte. Ein großer Wein und eine wunderbare Freundschaft.

DIE EHRE DER FRAU

„Der Typ ist ein Freund von Johannes?" Stammfeld klang nicht begeistert.

Kost hatte ihre Kollegin im Präsidium angerufen, um sich nach dem Ermittlungsstand in der Mordsache Franz zu erkundigen.

„Ich kann es auch nicht ändern. Offensichtlich kennen sich in Köln so ziemlich alle Weinkenner untereinander", versuchte es Kost mit einer schwachen Begründung.

„Wenn du alle diese Luxusalkoholiker meinst, die sich mit Wein statt mit Schnaps betrinken, hast du augenscheinlich Recht. Und jetzt möchtest du natürlich wissen, ob wir den Mörder schon gefasst haben?"

„Ich weiß, ihr seid von der ganz schnellen Truppe."

„So schnell leider nun doch nicht. Ich kann dir nichts sagen."

„Nur weil ich noch vom Dienst befreit bin? Komm schon, du hast mir beim letzten Mal auch geholfen."

„Nein, Dora, weil ich zurzeit nichts weiß. Franz ist mit einer Weinflasche im eigenen Keller erschlagen worden. Das ist es."

„Also wirklich, Bettina. Raus damit. Gab es beispielsweise Einbruchsspuren?"

„Keine."

„Also hat er den Mörder selbst reingelassen?"

„Möglich."

„Vielleicht ein Freund oder Verwandter."

„Könnte sein."

„Habt ihr schon seine Exfrau aufgesucht? Die war ziemlich sauer auf ihn. Soweit ich weiß, hat sie seine Vorliebe für flüssige und ultrateure Kostbarkeiten gehasst. Der Wein war ihm immer wichtiger als die eigene Ehefrau. Hat Johannes mir erzählt. Da würde auch ich Mordgelüste bekommen."

„Tatsächlich? Die Befragung machen wir noch."

„Irgendwelche anderen Hinweise? Wurde etwas entwendet?"

„Wissen wir noch nicht. Aber Dora, jetzt nerv bitte nicht. Wir stehen noch am Anfang. Außerdem hatte ich wenig Schlaf in letzter Zeit. Du weißt ja, dass neben dir auch Grothe weiterhin dienstunfähig geschrieben ist. Die Messerattacke von Faro in Duino hat ihm nicht nur körperlich schwer zugesetzt. Die Psyche wurde ebenfalls in Mitleidenschaft gezogen."

„Meines Wissens war das bei Grothe schon vorher der Fall", sagte Kost.

„Könnte stimmen. Aber ich mache jetzt den Job für Drei und bin ziemlich geschafft."

„Tut mir ehrlich leid. Ich hoffe sehr, dass ich bald wieder an Bord bin."

„Werd' erst einmal richtig gesund. Beschäftige dich mit Häkeln, Fensterputzen oder bügle Johannes Hemden. Und jetzt lass mich meine Arbeit machen und halt dich aus diesem Fall raus!"

Kost vernahm Stammfelds Lachen am anderen Ende der Leitung. Das sollte wohl ein Scherz gewesen sein.

„Du weißt doch, Bettina, Hausarbeit geht gegen meine Ehre. Meine Bestimmung liegt in der Jagd nach psychopathischen, völlig durchgeknallten Spinnern, die von einer Frau zur Strecke gebracht werden wollen."

„Auch eine Argumentation, um sich vor den Notwendigkeiten des Alltags zu drücken."

„Man sollte nur das tun, was man perfekt beherrscht."

„Mit anderen Worten, du bist Kommissarin geworden, weil du nicht bügeln kannst."

„Das kommt der Wahrheit schon sehr nahe."

*

„Wann hast du eigentlich das letzte Mal mit Theo gesprochen, Johannes?"

Montus und sein Kumpel Kai Pfundt saßen sich in der Raucherlounge des Kölschen Fumoir in der Hahnenstraße gegenüber.

Sie tranken ein drittes Glas Rum auf ihren verstorbenen Freund und zogen jeweils an einer Esplendido von Cohiba. Das waren sie Theo schuldig.

„Vor ein paar Tagen haben wir zwei Flaschen Bordeaux geleert. War ein netter Abend", entgegnete Johannes.

„Bordeaux, so, so. War Theo nicht eher für Burgunder zu haben?"

„Grundsätzlich ja. Aber du weißt doch, einem guten Tropfen gegenüber, egal woher, zeigte er sich immer aufgeschlossen. Er war in diesem Zusammenhang niemals Dogmatiker."

„Stimmt. Er wird uns in unserem Plonk-Club fehlen."

Johannes kam es ganz so vor, als müsste Kai eine Träne zurückhalten. Er wechselte das Thema. „Hast du ihn in letzter Zeit nochmal gesehen?"

„Bernd und ich waren eigentlich bei ihm eingeladen. Er nannte es sein ‚kleines' Weihnachtsessen. Aber du weißt ja, welche grandiosen Sachen er immer auftischte. Seit Elke ihn verlassen hat, war Essen und Trinken sein einziger Lebensinhalt. Aber es kam ja leider nicht mehr zu diesem Treffen." Kai blinzelte. „Davor habe ich ihn auf unserer gemeinsamen Weinprobe im Breisgau gesehen. Das war im Sommer, also schon was her. Mich hat es nur gewundert, dass du nicht zu Theos Weihnachtsmenü eingeladen warst. Letztes Jahr hast du uns doch mit deiner Anwesenheit beehrt, wenn ich mich recht entsinne."

„Dafür gibt es eine einfache Erklärung. Theo hat zu diesem Anlass immer nur vereinsamte Singles eingeladen. Nach seiner Trennung war das wohl seine Art gegen die Ehe oder partnerschaftliche Beziehungen zu protestieren. Und da ich seit diesem Jahr mit Dora zusammen bin, stand ich nicht mehr auf der Liste."

„Ein bisschen kindisch, oder?" Kai schüttelte den Kopf, während er eine Rauchschwade ausblies.

„Er war halt eine sehr eigene Persönlichkeit."

„Aber überaus liebenswert."

„Das kann man wohl sagen. Ich frage mich die ganze Zeit, was der Mörder von Theo wollte?" Johannes trank sein Glas in einem Zug leer und bestellte sogleich zwei neue.

„Habgier vielleicht. Fehlt was im Haus? War Theo eigentlich vermögend?"

„Er kam gut zurecht. Ob er Unterhalt an Elke zahlen musste, weiß ich nicht genau. Wir haben nie darüber gesprochen. Allerdings konnte man ihn so oder so nicht als reichen Mann bezeichnen. Das Haus in Hahnwald hatte er von seinen Eltern geerbt. Und das meiste Geld steckte er in seinen Weinkeller."

„Richtig. So wie Theo rumlief… Auf keinen Fall hat er Geld für Kleidung ausgegeben. Und er fuhr diese uralte Karre. Wenn das nicht noch ein Golf I gewesen ist."

„Also, was wollte der Täter von ihm?", wiederholte Johannes.

„Ich habe nicht die geringste Ahnung. Vielleicht irgendeine Rachegeschichte. Hatte Theo Feinde?"

„Jeder hat irgendwo Feinde, nur laufen die in der Regel nicht rum und killen dich. Andererseits hat sich Theo als Anlageberater nicht nur Freunde gemacht. Die andauernde Finanzkrise hat wahrscheinlich auch bei seinen Kunden Spuren hinterlassen. Vielleicht war einer dieser Kunden bei ihm, um über seine Verluste zu sprechen. Dabei kam es zum Streit und der unzufriedene Investor schlug zu."

Johannes drückte seine Cohiba aus. Er hatte sie zu zwei Dritteln geraucht und sie wurde langsam bitter im Geschmack.

„Durchaus denkbar. Hat nicht auch dein Freund Maximilian Geld mit Zertifikaten verloren, die Theo ihm empfohlen hatte? Du solltest deine Vermutungen einmal Dora mitteilen. Mal schauen, was sie davon hält."

„Könnte ich natürlich machen…"

„Aber..?" Kai schaute ihn fragend an.

„Ich muss vorher mit Dora über etwas anderes sprechen."

Kai schmunzelte und konnte sich die Bemerkung nicht verkneifen: „Hätte Theo doch gut daran getan, dich einzuladen, Johannes?"

*

Kost schlenderte über den Weihnachtsmarkt auf dem Kölner Neumarkt. Dieses Jahr hatten sie sogar Sternattrappen hoch über den Buden an den Bäumen aufgehängt. Sie sollten die weihnachtliche Atmosphäre unterstreichen, aber Kost empfand nichts.

Weihnachten war ihr seit ihrem zehnten Lebensjahr fremd geworden. War alles doch mehr eine Erfindung eines Erfrischunggetränkeproduzenten. Und alle Welt fiel drauf rein. Für Agnostiker wie sie war dies eine schwere Zeit. Irgendwie standen sie im Dezember außerhalb der Gesellschaft, unverstanden und abgekanzelt. Aber ging das nicht schon im Oktober los?

Durfte man sich hier, an diesem besonderen Ort des Feiertagkonsums, eigentlich einen Zigarillo anstecken oder war das auch schon unter Strafe gestellt?

Sie ließ es sicherheitshalber bleiben. Bloß nicht negativ auffallen. Lieber so tun, als ob sie unter diese beseelten Menschen passte.

Laut ihres Arztes sollte sie das Rauchen ohnehin reduzieren, wenn nicht ganz aufgeben.

Sicher erwartete Johannes ein Geschenk von ihr, seiner Christfrau, wie er sich kürzlich ausgedrückt hatte. Aber wollte sie sich ihrem Freund zuliebe wirklich dem Diktat dieses Festes beugen? Außerdem besaß er im Prinzip doch schon alles: schönen Wein, edle, wenn auch geklaute, Messer, eine unüberschaubare Auswahl von Kochbüchern und eben all die anderen Dinge, die ein Mann zum Leben brauchte.

Ein Stand mit Holzkrippen fiel ihr auf.

Schöne Arbeiten, dachte sie, *sofern man an die Bibel glaubt.*

Der Esel aus Olivenholz hatte es Kost besonders angetan. Sie blieb stehen und schaute ihn sich genauer an.

Die dick in mehrere Schichten Pullover eingepackte Verkäuferin bemerkte Kosts Interesse und sprach sie mit milder Stimme an: „Nehmen Sie ihn ruhig einmal in die Hand. Das Holz fühlt sich ganz warm und glatt an. Ein echtes Kunstwerk."

Kost nickte zur Bestätigung und nahm den Esel in die Hand. *Wirklich schön.*

„So kunstvolle Figuren findet man selten. Nicht wahr meine Dame?" Die Händlerin war offensichtlich sehr verkaufstüchtig. „Ich könnte Ihnen das ganze Krippenensemble für 150 Euro überlassen.

Ein echtes Sonderangebot, weil Weihnachten vor der Tür steht."

„Ich möchte nur den Esel kaufen, was möchten Sie dafür haben?"

Das Pulloverknäuel von Mensch schaute zunächst ein wenig verwirrt, um dann aber munter zu argumentieren: „Mit einem Esel kommen Sie nicht weit. Sie brauchen zumindest noch die Heilige Familie. Oder wollen Sie, dass Ihre Kinder enttäuscht sind, wenn sie nur einen Esel unter dem Tannenbaum finden? Das wäre doch wirklich am falschen Ende gespart."

Das wurde Kost doch zu surreal. Von Tannenbäumen, geschweige denn von Kindern, wollte sie nichts hören.

„Nein, nein, vielen Dank. Mir fehlt nur der Esel in meiner Sammlung, obwohl er große Ähnlichkeit mit meinem Freund hat. Könnten Sie ihn mir bitte als Geschenk einpacken?"

Mit dem in knallrotes Papier verpackten Esel verließ Kost den Weihnachtsmarkt.

Es war Zeit, sich mit Johannes zu treffen. Sie wollten bei Krocks, dem Spezialisten für Wild in der Apostelnstraße, das Fleisch für den 24. Dezember und die ganzen anderen freien Tage bestellen.

Kost graute es davor. Bei ihr hatte es zu dieser Zeit immer Frikadellen oder rot gefärbte dänische Würstchen gegeben. Dazu Kartoffelsalat. Warum daran etwas ändern?

*

Er stand im Kölner Dom vor dem Richter-Fenster.

Nach seinem Treffen mit Johannes war ihm nach etwas Spirituellem zumute. Also hatte Pfundt sich von der Hahnenstraße durch die Fußgängerzone zum Domplatz begeben.

Als Architekt bewunderte er die gotische Konstruktion der Kathedrale, die, trotz ihrer gigantischen Ausmaße, leicht und beschwingt wirkte. Ihm gefielen zwar auch die romanischen Kirchen der Stadt, aber der Dom hatte es ihm besonders angetan.

Wie auch den vielen Touristen, die vom Hauptbahnhof zum Dom strebten und dann wieder zurück zum Bahnhof, um gleich wieder abzureisen.

Köln hatte allerdings noch so viel mehr zu bieten. Es besaß auch wundervolle, wiederhergestellte romanische Häuser. Auch diese waren mehr als einen Besuch wert.

Aber heute bevorzugte er es, sich in das Getümmel der Besucherströme des Doms zu stürzen. So konnte er, versunken in sich selbst, Richters Fenster einer eingehenden Betrachtung unterziehen.

Ihm ging dabei Theos Tod durch den Kopf. Ein normal denkender Mensch würde sicher attestieren, dass er diese Welt zu früh verlassen hatte. Vierundvierzig war ja nun wirklich kein Alter.

Aber war Pfundt so ein Mensch? Er war sich nach dem Gespräch mit Johannes ganz und gar nicht sicher, was er fühlte. War es Trauer oder Mitleid mit dem Toten? Hatte er ein schlechtes Gewissen, weil er Theo so lange nicht besucht hatte?

Eigentlich fühlte er gar nichts. Er war irgendwie abgestumpft, das kam ihm zumindest so vor. Sein Aufenthalt in dieser Realität hatte ihn nach und nach unempfindlich gegen Gefühlsanwandlungen jeglicher Art gemacht.

Früher war das anders gewesen. Als junger Erwachsener lebte er ständig zwischen absoluter Verzweiflung und völlig unbegründeter Hoffnung oder Freude. Aber mit der Zeit und fortschreitendem Alter hatte er das abgelegt. Er wollte diese enorme emotionale Abhängigkeit in seinem Leben nicht mehr akzeptieren.

Also zwang er sich in allem zu stoischer Ruhe. Nun war er ein ausgeglichener Mensch.

Der Preis, den er jetzt dafür bezahlen musste, war die Unfähigkeit zu trauern.

Diese Gedankengänge durchzogen Pfundts Kopf als ihm eine schöne Idee kam.

Wieso nicht die Mitglieder des Plonk-Clubs zu einem Abschiedsessen für Theo bei sich zu Hause einladen? Das wäre doch eine tolle Geste, um seine Verbundenheit mit dem ermordeten Freund zu bekunden.

Er würde einen exzellenten Feinkostservice beauftragen, ein superbes Menü zusammenzustellen und zu liefern. Er kannte da eine Adresse in Marienburg. Diese stellten auch Personal für den Service. Er selbst würde für die richtige Weinauswahl sorgen. Ausschließlich Burgunder, die Theo so liebte.

Er spielte die mögliche Gangfolge durch. Zu den Vorspeisen ein Weißburgunder von Salwey aus Oberrotweil. Ein großes Gewächs, natürlich.

Zum Vergleich würde er einen französischen Meursault von Leroy kredenzen. Ganz sicher eine spannende Geschichte.

Für das Hauptgericht hätte er einen exzellenten Ahr-Frühburgunder vom Weingut Kreuzberg in petto. Er hatte mindestens noch eine Magnumflasche Hardtberg eingelagert. Oder einen gereiften Spätburgunder Kirschgarten von Knipser aus der Pfalz.

Danach wieder was aus Frankreich: Grands-Echézeaux 1988. Das würde Eindruck schinden. Diesen Wein gab es nicht alle Tage zu trinken.

Zum Dessert ein Eiswein vom Ruländer. Da musste er noch ein wenig Nachdenken, aus welchem Jahrgang.

Auf diesem Wege konnte er der ganzen Welt, beziehungsweise dem Freundeskreis, seine Anteilnahme ausdrücken, wenn es ihm schon an den entsprechenden Gefühlen mangelte.

Pfundt war zufrieden und strebte zum Haupttor, als ihm ein Penner entgegenkam. „Haben Sie vielleicht eine kleine Spende für einen Obdachlosen? Es ist doch fast Weihnachten." Er hielt Pfundt die geöffnete Hand vor die Nase.

„Heute nicht, sprich nochmal am Heiligen Abend bei mir vor." Mit dieser Entgegnung entfernte sich Pfundt zügig. Er wollte nichts mit dieser abgerissenen Gestalt zu tun haben.

„Trotzdem frohe Weihnacht", hörte er den Kerl noch rufen, bevor er auf die Domplatte hinaustrat.

*

Dieser Idiot hatte ihn nicht erkannt. Wie sollte er auch. Einem Clochard schaut man schließlich nicht ins Gesicht. Er kannte das schon.

Seit zwei Jahren lebte er auf der Straße. Die Dürener Straße war sein Revier. Da gab es noch Menschen, die einem Bettler eine Münze zusteckten. Die meisten allerdings liefen an einem wie ihm vorbei. Er gehörte zu den Aussätzigen der Großstadt.

Das war nicht immer so gewesen. Er hatte einen guten Job als Kellner in der Friesenstraße gehabt, eine attraktive Frau und eine kleine Tochter.

Aber diese Zeit war vorbei. Der Beginn seines Untergangs war die Scheidung gewesen. Das Sorgerecht hatte seine Frau bekommen und er musste Unterhalt zahlen. Für die Miete blieb da kaum was übrig. Als dann seine Wohnung in Niehl von Grund auf saniert werden sollte, musste er raus. Die neue Miete hatte er sich nicht mehr leisten können. Sein damaliger Vermieter hieß Kai Pfundt. Der Mistkerl war Architekt und verantwortete den Umbau selbst.

Pfundt war schuld, dass er, Stefan Tau, zum Außenseiter der Gesellschaft geworden war, von der Hand in den Mund leben musste, seine Tochter nicht mehr sah und nicht nur in Kirchen die Hand aufhielt.

An diesen Großkotz hatte er sich direkt wieder erinnert, wie der da so vor dem großen Domfenster stand, und er war noch genauso arrogant, wie Tau ihn in Erinnerung hatte.

Ob Pfundt immer noch in Bayenthal wohnte? Er würde es herausfinden. Er müsste Pfundt mal einen Besuch abstatten, den er nicht mehr vergessen würde. Das war Tau diesem Blödmann schuldig.

*

Nachdem sie zusammen mit Johannes eingekauft hatte, war Dora ohne ihn nach Frankenforst gefahren, um sich in ihren Laufdress zu werfen.

Johannes hatte für die Weihnachtstage so ziemlich alles bestellt, was der Laden hergab: Poularde, Rehkeule, Hirschfilet, Gänsestopfleber. Dora musste also vorsorgen und in jedem Fall noch ein paar Pfunde abtrainieren.

Nur leider hatte es an der Tür geklingelt, als sie gerade die Wohnung verlassen wollte.

Maximilian und Paula waren wie eine Naturkatastrophe bei ihr eingefallen und saßen nun mit einer Tasse Kaffee in der Hand bei Dora auf dem Sofa.

Sicher treibt sie die Neugierde zu mir, vermutete Kost. Johannes hatte Maximilian bestimmt über Theos Tod unterrichtet.

„Wir kommen gerade aus Bensberg, vom Vendange, wo wir zu Mittag gegessen haben“, flötete Paula. „Und beim dritten Glas Champagner kam uns die Idee, auf dem Rückweg bei dir vorbeizuschauen."

Maximilian ergänzte heiter: „Insbesondere um dich zu fragen, ob du mir nicht doch deinen Körper für meine Kunst zur Verfügung stellen möchtest?"

Das war nicht der erste Frontalangriff auf Doras Body, den der Maler unternahm. Er wollte unbedingt Bilder von Personen mit Handicap auf seine Leinwände bannen.

Paula schüttelte in verzweifelter Anwandlung ihren Kopf. Auch Dora rollte mit den Augen.

Als Maximilian die Reaktionen der beiden Frauen sah, fragte er weniger heiter: „Bist du wirklich ganz sicher, dass du mir nicht Modell sitzen möchtest, Dora?"

„Absolut, Maximilian. Du nervst mich jetzt schon fast ein Jahr mit diesem dämlichen Vorschlag. Schmink es dir endlich ab!"

„Du verpasst die einmalige Gelegenheit, dein Dasein in Form einer künstlerischen Darstellung zu überdauern. Die Nachwelt würde es dir sicher danken."

„Was nach meinem Tod kommt, ist mir ziemlich egal. Mich interessiert nur das Jetzt und Heute."

„Das ist, ehrlich gesagt, eine sehr ignorante Einstellung, Dora."

„Jetzt lass sie doch mal in Ruhe mit deinen künstlerischen Obsessionen", mischte sich Paula ein. „Mal von mir aus den Schäl als Bankmanager. Das wäre ein schöner Kommentar zu den aktuellen Verhältnissen."

„Du kommst auf Ideen." Maximilian verzog das Gesicht.

Dora wechselte das Thema. „Sag mal, Maximilian, wenn wir schon über den Tod sprechen. Theo war doch dein Anlageberater? Das hat mir zumindest Johannes erzählt." Dora wartete auf seine Reaktion.

„Schrecklich, was da passiert ist." Maximilian schüttelte den Kopf. Er wusste also in der Tat von der Sache und auch Paula sah eher betroffen als überrascht aus.

„Theo hat mich tatsächlich zuweilen beraten, was Geldangelegenheiten anbetraf. Er wollte die Erlöse aus meinen Bildern für mich anlegen." „Waren die Ratschläge zu gebrauchen?"

„Meistens hatte er gute Ideen."

„Wieso interessiert dich das?", fragte Paula.

„Ich habe gehört, dass Maximilian Geld mit Indexzertifikaten verloren hat."

„Konnte Johannes mal wieder nicht den Mund halten!" Maximilian klang verärgert.

„Nimm es ihm bitte nicht übel. Wir haben zusammen überlegt, welche Motive es für den Mord an Theo geben könnte. Es ist nicht unwahrscheinlich, dass der Täter aus dem beruflichen Umfeld des Opfers stammt."

„Heißt das, ich werde mal wieder verdächtigt?" Maximilian schnaubte.

„Mein Lieber, jetzt rede keinen Stuss. Erzähl mir besser, um was für Anlagen es sich bei den Zertifikaten handelt."

Von Loftes Verärgerung verpuffte und er begann, zu erläutern: „An sich ist das eine ganz simple Geschichte. Ich habe eine Schuldverschreibung erworben. Dieses Papier zahlt über eine Laufzeit von fünf Jahren keine Zinsen. Dafür hängt es an der Entwicklung des Dax. Wenn die Aktienkurse also steigen, erhalte ich den entsprechenden Gegenwert ausbezahlt, der größer sein sollte, als meine ursprünglichen Anschaffungskosten für das Zertifikat. Theo sagte damals, dass die Kurse stark im Keller seien. Sie könnten nur steigen und über das Zertifikat auf den Dax könnte ich daran wunderbar einfach partizipieren, ohne selbst Aktien erwerben zu müssen."

„Sehr schön. Die Aktienkurse sind gestiegen, also müsstest du doch zufrieden sein?"

„Leider nicht ganz. Die Kurse sind zwar gestiegen, allerdings ist die Bank, die mir die Schuldverschreibung verkauft hat, Pleite gegangen. Und gleichzeitig wurde damit auch das Zertifikat wertlos. Die zahlungsunfähige Bank war nicht mehr in der Lage, mir den Wert meiner Anlage auszuzahlen."

„Verstehe." Dora nickte. „Du hast also alles verloren?"

„Zumindest das Geld, das ich in dieses Papier investiert habe, ist futsch."

„Handelte es sich um viel Geld?", fragte Paula.

„Na ja, 20.000 Euro waren es schon. Der Preis für zwei Bilder, die ich verkauft hatte."

„Wow, nicht schlecht." Paula musterte ihren Freund kopfschüttelnd. Maximilian wurde sichtbar unwohl in seiner Haut.

Kost spürte, dass er dieses Thema gerne beenden würde. Aber diesen Gefallen konnte sie ihm nicht tun. „Das könnte als Motiv ausgelegt werden. Oder was glaubst du, Maximilian?"

„Sicher vorstellbar, aber ich war es nicht", entgegnete von Lofte und seine Verärgerung kehrte zurück.

„Weißt du zufällig, ob Theo vielen Leuten geraten hat, diese Anlage zu erwerben?"

„Ein paar waren es bestimmt. Aber ich kenne natürlich keine Namen."

„Ich glaube dennoch, dass Bettina sich diese Herrschaften mal anschauen sollte. Ich werde mit ihr reden. Es gibt ja bestimmt so etwas wie eine Kundendatei."

Dora machte die Andeutung einer Dehnübung. „Entschuldigt bitte, ich muss euch jetzt rausschmeißen. Mein Training ruft."

„Wofür trainierst du denn?"

„Für den Marathon."

„Doch nicht etwa den Köln Marathon?"

„Nein, den Weihnachtstagemarathon!"

*

Sie saß im Zug. Der IC von Münster nach Köln war in Wahrheit ein Bummelzug, er hielt wirklich an jedem noch so kleinen Bahnhof.

Wie lange hatten Theo und sie sich nicht mehr gesehen? Wann hatten sie das letzte Mal telefoniert?

Es war einige Zeit her. Und nun würde sie nur noch seine Leiche sehen oder vielmehr seinen Sarg.

Sie hatte ihn geliebt, auch nach der Trennung. Aber seine Leidenschaft hatte sich ausschließlich auf seinen Weinvorrat gerichtet.

Besonders schlimm war es geworden, nachdem er diesem verdammten Plonk-Club beigetreten war. Was hieß *Plonk* überhaupt?

Egal - im Grunde wollte sie es gar nicht wissen. Sie hatte so viel gegeben, er im Gegenzug gar nichts.

Bis heute war sie eine attraktive Frau geblieben. Sportlich, elegant und intelligent. Die Männer schauten ihr hinterher.

Dennoch war sie kein Weibchen, sondern eine Frau, die anpacken konnte.

Theo war ihr Körper egal gewesen. Er hatte sich nur noch für das Design einer Flasche Mouton Rothschild interessiert. Auch ihre inneren Werte, ihr Verstand, waren unbeachtet geblieben. Wichtiger war ihm der Geist gewesen, den er in seinen Botillen zu finden gehofft hatte.

Am Ende hatte es keinen Unterschied gemacht, ob sie in ihrem Haus zusammen wohnten oder sich auf verschiedenen Kontinenten aufhielten.

Also war Elke Franz gegangen. Nicht auf einen anderen Kontinent, nur bis nach Münster in Westfalen, hundertfünfzig Kilometer von der Domstadt entfernt. Sie hatte eine Stelle als Gastdozentin für Politologie an der Westfälischen Wilhelms-Universität angetreten, befristet zwar, aber eine schöne Herausforderung.

Sie hielten in Hagen. Reisende stiegen ein und aus, wie Menschen ins Dasein eintreten und dieses wieder verlassen. Der Tod ist dabei genau so oft unpünktlich wie die Bahn. Nur wenige holt er zur rechten Zeit.

Wie war das in Theos Fall? Sie hatte keine Antwort. Hatte dieser Ignorant den Tod verdient? Hatte das Leben keine weitere Verwendung für ihn gehabt, so dass sein gewaltsames Dahinscheiden recht war?

Der Zug fuhr wieder an und eine Träne rann über ihren linken, wohlgeformten Wangenknochen. Aus Mitgefühl oder Selbstmitleid? Sie wusste es nicht.

*

Er kannte diese Frau. Blond, gut aussehend, genau sein Typ.

Am Hauptbahnhof war er in einen ICE nach Frankfurt gestiegen, der auf seine Fahrgäste wartete. Auf dem Nebengleis war gerade der IC aus Münster eingetroffen. Aber ICE-Züge waren für seine Zwecke interessanter.

Er ging von Abteil zu Abteil, von Großraumwagen zu Großraumwagen, um ein paar Münzen von den Leuten zu schnorren. Kurz vor Weihnachten waren sie in der Regel spendabler. Doch bisher hatte er nur 2,50 Euro einstecken können. Würde gerade für zwei Flaschen Kölsch reichen, 0,33 Liter, nicht 0,5.

Nebenbei griff er sich Zeitungen, die in der 1. Klasse für die im Leben Privilegierten bereitlagen. Bild, FAZ, Welt kompakt. Die Realität, bis zur Unkenntlichkeit verfremdet, zwischen billigem Papier. Aber als Füllmaterial für seinen Schlafsack immer noch geeignet.

Ein Schaffner sah ihn und lief hinter ihm her. Er kannte das schon und hatte alles im Griff.

Durch den Gang des Großraumwagons stürmte er dem offen stehenden Ausstieg entgegen, rannte dabei eine Dame mit einem Koffer, der größer war als der Gang breit, über den Haufen, verlor dabei, leider Gottes, die FAZ – die hatte einen schönen dicken Anzeigenteil, der ihm bei der heutigen Kälte schmerzlich fehlen würde - und sprang aus dem Zug.

Dabei rempelte Tau dieses Superweib, das auf dem Bahnsteig mit einem Rolli im Schlepptau vorbeiging, an. Er drehte sich um, einen Blick wollte er nun doch noch riskieren, sie antwortete mit einem vernichtenden Gesichtsausdruck.

Außer Atem setzte er sich auf eine Mauer am Dom. Von dort konnte er sowohl das Römisch-Germanische-Museum als auch das zurzeit leer stehende Domhotel sehen.

In Letzterem hatte er einmal übernachtet. Das war mit seiner Frau gewesen. Nach ihrer standesamtlichen Hochzeit waren sie für die Hochzeitsnacht bei dieser erstklassigen Adresse abgestiegen, aber er war so betrunken gewesen, dass aus dem eigentlichen Anlass nichts geworden war. Er war sofort eingeschlafen.

Aber er konnte sich daran erinnern, am nächsten Morgen auf dem Balkon, mit Aussicht auf die Kathedrale, den Kölner Stadtanzeiger gelesen zu haben. Damals hatte er sich wie ein König gefühlt. Lange her und fast vergessen. Doch das Geschoss von eben hatte er schon mal gesehen. Er konnte sich nur nicht erinnern, zu welchem Anlass oder wo. Doch etwas unter seiner Gürtellinie bestätigte ihm eindeutig, dass es so war.

*

Sie sagte Johannes für den Abend ab. Er wollte das Essen im Kulinarischen Treffpunkt nachholen, aber sie hatte keine Lust.

Johannes sagte ihr, dass er nicht ohne sie gehen würde und schlug vor, es nochmals zu verschieben.

Dora willigte ein.

Das Gespräch war kurz, beinahe sachlich, ohne das gewohnte Feuer. Den Austausch der üblichen Spitzen unterließen sie diesmal.

Auch Johannes brauchte offensichtlich etwas Abstand. Sie hatten die letzten Monate sehr viel Zeit miteinander verbracht. Da war ein gewisser Abrieb wohl nicht zu vermeiden.

Sie machte sich ein paar Pfannkuchen. Das Rezept hatte sie von ihrer Großmutter väterlicherseits. Einfach, aber effektiv. Wichtig waren die Unmengen an gekochtem Schinken – unbedingt aus der Packung, nicht frisch – und der junge Gouda, ebenfalls nicht zu knapp bemessen, als Belag. Dazu normalerweise ein Bier.

Doras Oma hatte am liebsten Pils getrunken, was ihren echt kölschen Opa auf die Palme getrieben hatte. Der hatte immer gesagt: „Wer Pils in Köln trinkt, begeht Landesverrat."

Es war ein lebenslanger Krieg um Hopfen und Malz gewesen. Aber ihre Oma hatte bis zum Schluss nicht klein beigegeben. Und Dora war sich sicher, ihr Opa hatte sie dafür geliebt.

Sie selbst war dagegen weniger konsequent. Das musste sie zugeben. Sie trank kein Bier zu ihrem Essen, sondern einen Riesling. Johannes hatte sie wohl schon zu einem, natürlich zu vernachlässigenden, Teil beeinflusst.

Aber was sollte sie auch machen?

Er deponierte Kisten mit Wein in ihrer Wohnung, sodass sie beide die Abende auch einmal zusammen bei ihr verbringen konnten, ohne dass Johannes unter Entzug leiden musste.

Allerdings musste sie zugeben, der Saar-Riesling vom Weingut

Peter Lauer passte mit seiner animierenden Säure und seiner Beschwingtheit ganz hervorragend zu den fetten Pfannkuchen.

Als der Teller leer war, fiel ihr Theo ein. Er hatte, soweit sie das von Johannes wusste, statt elegantem Riesling eher schwere Grau- und Weißburgunder bevorzugt.

Johannes philosophierte in ihrer Gegenwart gerne über die Vorlieben der Plonk-Club-Mitglieder. Daher wusste sie, dass Theo die sehr dichten Weißweine aus dem kleinen Eichenfass geradezu vergöttert hatte.

Was er daran als spannend empfunden hatte, blieb für Dora allerdings ein Rätsel.

Noch rätselhafter aber war sein Tod.

Mit einer Flasche Talbot erschlagen, hatte Johannes gesagt. Das hatte es in Köln sicher noch nicht gegeben.

Wer kam für diese Methode in Frage?

Ein rachsüchtiger Kunde? Diese Spur sollte man weiterverfolgen.

Eventuell die Exfrau, aber hatte die überhaupt ein Motiv? Vier lange Trennungsjahre lassen meistens Gras über eine alte Beziehung wachsen. Aber die meisten Täter stammten nun mal aus dem direkten verwandtschaftlichen Umfeld.

Genauso gut müsste man dann auch Theos Freunde unter die Lupe nehmen.

Johannes würde sich sicher schon auf die Vernehmungen freuen. Das war für ihn inzwischen Routine. Falls Bettina diese übernahm, würde es ein Spaß werden!

Ein Einbrecher kam bislang nicht in Frage, es gab ja keine Einbruchsspuren.

Theo hatte den Täter selbst eingelassen oder dieser hatte einen Schlüssel gehabt. Aber wie war der Mörder an diesen gelangt und wer hatte überhaupt einen besessen?

Sie würde noch einmal Bettina anrufen.

Nach dem gutbürgerlichen Mahl zündete sie sich eine Panatella an, Hausmarke von „Pfeifen Heinrichs“ und nahm den letzten Schluck Riesling.

Dabei dachte sie laut: „Wo war eigentlich Johannes zum Zeitpunkt der Tat?“ Kost konnte sich im Moment nicht genau erinnern, musste aber über diesen Gedanken schmunzeln.

VERPASSTE GELEGENHEITEN

Er stand in einer Traube von Menschen, die alle bemüht waren, ihr Probierglas füllen zu lassen.

Er war bei FIT, der Weinhandlung am Heumarkt und testete Champagner und Sekt. Schließlich stand Silvester vor der Tür und Bernd Haas wollte seinen Bestand an Prickelwasser auffüllen. Außerdem musste er Theos gewaltsamen Tod runterspülen. Dafür gab es nichts Besseres als ein Tasting.

Obwohl es noch etwas früh war, war der Laden gerammelt voll. Er hatte es jedoch schon geschafft, einige Schlucke zu sich zu nehmen.

Insbesondere der Sekt vom Weingut Breuer aus dem Rheingau gefiel ihm gut. Der schmiegte sich so wundervoll an den Gaumen, der würde auch Elke munden.

Sie war gestern aus Münster angereist, um an der Bestattung ihres Ex-Mannes teilzunehmen. Die würde stattfinden, sobald die Polizei den Leichnam freigab.

Er freute sich darauf, Elke wiederzusehen. Er himmelte sie an, seitdem er sie das erste Mal gesehen hatte. Und dieser Idiot von Ehemann hatte sie einfach links liegen gelassen. Kein Wunder, dass sie ihn abserviert hatte. Das war das Beste gewesen, was sie hatte tun können.

Er selbst hatte danach gehofft, Elke näherzukommen, doch sie war nach Münster gezogen, und wollte mit dem alten Freundeskreis nichts mehr zu tun haben. Er wurde damals den Eindruck nicht los, dass sie Theos Weinkumpeln die Schuld für das Scheitern ihrer Ehe gegeben hatte. Statt ihr also näherzukommen, hatte er sie aus den Augen verloren.

Bernd nippte an seinem Glas. Ein wunderbares Gewächs von Meyer-Näkel. Illusion Brut nannte dieser seinen Ahrtropfen aus einem weiß gekelterten Spätburgunder.

Illusionen hatte er sich damals auch gemacht. Elke war auch nach der Scheidung in Theo vernarrt gewesen. Komische Sache, irgendwie widersprüchlich. Ob das immer noch so war, würde er heute Abend überprüfen können, denn sie würden sich im Restaurant des Wasserturms treffen. Das moderne Hotel mit Spitzenrestaurant bot den richtigen Rahmen für ihr Stelldichein. Den passenden Champus zur Begrüßung würde er vorher mit dem Sommelier aussuchen.

*

Die Fußgängerzone in Bergisch Gladbach war zu dieser Zeit brechend voll. Das lag natürlich an der Jahreszeit.

Alle Welt brauchte Geschenke für die Lieben.

Kost brauchte einen neuen BH.

Einen mit eingenähter Prothese auf der linken Seite.

Auf ein entsprechendes Wäschegeschäft ihres Vertrauens strebte sie gerade zu. Sie wusste allerdings jetzt schon, dass ihr keins der Standardmodelle für Prothesenträgerinnen gefallen würde. Das hatte es noch nie. Die Designer gaben sich für diese Gruppe von Frauen einfach keine Mühe.

Wieso auch? Vom Krebs gezeichnete Menschen weiblichen Geschlechts stellten einfach nicht die Zielgruppe der meist männlichen

Modemacher dar. So war Kost am Ende immer gezwungen, sich ein Modell auszusuchen, das für Frauen mit zwei Brüsten gedacht war. Sie ließ sich dann eine extra Tasche einnähen, in die sie ihr Gummiteil, wie sie es nannte, einlegen konnte.

Bevor sie den Wäscheladen erreichte, blieb sie an dem Schaufenster eines Haushaltswarengeschäfts stehen.

Ein kurzes, extrem durchgestyltes Parmesanmesser hatte ihre Aufmerksamkeit erregt. Sie wusste, dass Johannes es liebte, spät am Abend zu seinem Rotwein abgebrochenen, uralten Parmesankäse zu futtern. Ihr war aufgefallen, dass ein entsprechendes Spezialmesser in seinem Haushalt fehlte, obwohl Johannes eine stattliche Messersammlung besaß.

Kurz entschlossen betrat sie den Laden. Nicht ganz so kurz war die Wartezeit, die verging, bis sich ihr eine Verkäuferin zuwandte.

„Tut mir leid, das schöne Stück ist ausverkauft", erklärte sie.

„Und was ist mit dem Messer im Schaufenster?"

„Das dürfen wir nicht herausgeben."

Kost wollte nicht aufgeben. „Kleine Macken würden mir nichts ausmachen, vielleicht können Sie ja etwas am Preis machen."

„Das hat damit nichts zu tun, meine Dame, wir dürfen dieses Stück nicht an Kunden verkaufen. Wir hätten es auch längst aus der Auslage entfernen müssen. Da hat wohl einer unserer Mitarbeiter geschlafen."

„Was ist der Grund für dieses Verkaufsverbot?"

„Wir dürfen es einfach nicht an Kunden abgeben."

Kost meinte, eine kaputte Platte zu hören, die immer wieder dasselbe spielte.

Dennoch unternahm sie einen weiteren Anlauf: „Ist das Ding im Fenster nur zum Anschauen? Also nicht funktionstüchtig?"

„Nein, eigentlich ist damit alles in Ordnung."

Kost rollte mit den Augen. „Dann nehme ich es!"

„Zu meinem Bedauern ist das nicht möglich."

Jetzt wurde es Kost zu viel. „Entschuldigen Sie bitte, aber verdammt nochmal, was hindert Sie denn daran?"

„Meine Chefin. Sie braucht das Messer als Geschenk für ihren Bruder."

„Wieso bestellt sie sich kein Neues beim Hersteller?" Kost konnte es nicht glauben.

„Der kommt mit der Produktion nicht nach. Vor dem Fest läuft da gar nichts mehr. Dieses Weihnachten will die ganze Welt Parmesanmesser. Das ist so eine Modeerscheinung. Und Sie sind leider zu spät dran."

Kost schüttelte den Kopf. Als sie das Geschäft verließ, murmelte sie: „Eigentlich soll man keine Messer an Menschen verschenken, die einem nahestehen! Sagt zumindest der Volksmund. Soll Johannes sie lieber weiter stehlen."

Beim Hinaustreten stieß Kost mit einem Mann zusammen, der in das Geschäft hineinwollte. Er schien ganz in seine Gedanken versunken. Aber sie erkannte den Herrn sofort. „Maximilian! Hast mich fast umgerannt."

„Dora, was für ein Zufall", entgegnete der Maler. „Entschuldige, ich war offensichtlich nicht ganz bei mir. Ich dachte gerade daran, was ich Paula schenken soll. Trotzdem, schön, dich zu sehen." Er wirkte überfordert.

„Warum suchst du gerade in Bergisch Gladbach nach einem Präsent für Paula? Gibt es in Köln nicht genug Geschäfte?" Kost schob von Lofte vom Eingang weg vor das Schaufenster.

„Ich suche etwas Besonderes und habe in Köln schon alle mir bekannten Läden abgeklappert. Aber sie sind überall ausverkauft.

Allerdings habe ich einen Tipp bekommen, dass dieses Fachgeschäft in Bergisch Gladbach den besagten Gegenstand noch vorrätig hat."

„Besagter Gegenstand? Willst du mir etwa nicht kundtun, was du Paula schenken willst?"

„Genau! Ihr seid zu gut befreundet, du würdest es sicher verraten."

„Blödsinn, als Polizistin bin ich gewohnt mit vertraulichen Informationen umzugehen." Kosts Neugierde war geweckt und es wäre doch gelacht, wenn sie diese Information nicht aus Maximilian rausholen könnte. „Du kannst mir vertrauen, ich schweige wie ein Grab."

„Wer es glaubt? Allerdings, wenn du etwas für mich tun könntest, kommen wir vielleicht ins Geschäft."

„Ich lasse mich nicht nackt von dir malen." Kost war von Loftes' schwer obsessives Anliegen langsam leid.

„Darum geht es diesmal nicht."

„Nein?"

„Weißt du, was ich von Paula zu Weihnachten bekomme?"

„Nein", log Kost.

„Einen Kurs für die Zubereitung von Insekten." Maximilian verzog das Gesicht.

„Tatsächlich! Das ist aber ein sehr ausgefallenes Geschenk. So was kriegt wirklich nicht jeder", sagte Dora in ernstem Ton.

„Sehr witzig."

„Woher weißt du überhaupt davon? Hast du rumspioniert?"

„Natürlich nicht. Paula hat das Seminar über meinen Mail-Account gebucht. Sie hat die gesendete Mail gelöscht, wusste aber nicht, dass der Veranstalter eine Bestätigung sendet."

„Und, was hast du gemacht?"

„Ich habe die E-Mail gelöscht und Paula nichts gesagt."

„Und wo komme ich ins Spiel?"

„Bitte rede Paula diese Idee wieder aus. Ich hasse Insekten, egal ob tot oder lebendig. Ich kann auf keinem Fall zu so einem Seminar gehen. Mir wird hundertprozentig schlecht."

„Das wird schwierig. Du kennst Paula ja."

„Lass dir was einfallen. Den Kurs kann man bis zum 23. Dezember kostenfrei stornieren." Maximilian machte einen überaus verzweifelten Eindruck.

„Gut", sagte Dora. „Ich sehe, was ich tun kann. Ich stehe auch nicht sonderlich auf diese Viecher. Hast du denn eine bessere Idee für Paulas Geschenk? Apropos, reichen nach dem kleinen Anlagemissgeschick überhaupt deine Finanzen?"

„Mach keine Scherze. Da ist viel Geld den Rhein runtergegangen. Tat schon weh. Aber für meine Herzallerliebste ist mir natürlich nichts zu kostspielig."

Kost ging nicht weiter auf Maximilians Fehlspekulation ein, stattdessen fragte sie: „Was hast du dir denn vorgestellt?"

„Sie liebt Parmesan und es gibt hier ein wirklich tolles Parmesanmesser in einem ausgefallenen Design."

„Du meinst das da im Fenster?"

„Genau!", rief Maximilian. „Toll, sie haben es noch."

Dora fasste den Maler an der Schulter und drehte ihn zu sich herum, so dass sie sich von Angesicht zu Angesicht gegenüberstanden. „Ich habe eine gute und eine schlechte Nachricht für dich."

„Wie bitte?"

„Das Messer, das du dort siehst, ist das letzte, das sie noch haben. Und es ist schon vergeben. Das ist die schlechte Nachricht."

Maximilian sah sie entgeistert an: „Und was, um Gottes willen, ist dann die gute?"

„Paula steht definitiv, und das weiß ich genau, viel mehr auf …"

„Schuhe", warf Maximilian ein.

„Ach wirklich, sei nicht so klischeehaft. Nein sie steht auf alte, dicke und überaus verstaubte philosophische Klassiker. Eine schöne Ausgabe von Kants ‚Kritik der reinen Vernunft' würde sie überglücklich machen. Das hat sie mir erst kürzlich gesteckt. Ich an deiner Stelle würde mal in dem einen oder anderen Antiquariat stöbern."

„Danke für den Tipp. Ich sehe schon, die Frau als solche transzendiert jedes Vorurteil über sich."

„Du meinst, sie überschreitet jede mögliche Erfahrung."

„Ich befürchte!"

*

Er fühlte sich beobachtet. Es kribbelte entlang seiner Wirbelsäule. Folgte ihm etwa jemand? Pfundt litt sicher nicht an Verfolgungswahn, aber er hatte das unbestimmte Gefühl, dass er beschattet wurde.

Er passierte gerade den alten Filmpalast auf dem Hohenzollernring in Richtung Rudolfplatz. Dann bog er links in eine kleine Passage ein.

Sein Ziel war ein Laden, der sich auf den Verkauf von Kochbüchern aller Art spezialisierte. Neben diesen konnte man dort auch DVDs übers Essen und Trinken sowie kulinarische Krimis erstehen. Und auf einen dieser Krimis hatte er es abgesehen.

Hier würde er sicher das passende Weihnachtsgeschenk für Kost finden. Er wusste, dass Johannes Freundin Spannungsliteratur liebte und ihm schwebte ein Taschenbuch von Carsten Sebastian Henn vor. Eine Mordgeschichte, die an der Ahr spielte, mit reichlich Blut und Spätburgunder Rotwein.

Ein Taschenbuch deshalb, weil Johannes ihn killen würde, wenn er ihr etwas Filigranes aus Edelmetall schenken würde. Was er sehr gerne getan hätte, denn Dora war ganz seine Kragenweite.

Leider hatte Johannes sie früher kennengelernt. Aber man konnte ja nie wissen. Beziehungen gingen alle Tage in die Brüche. Und für diesen Fall wollte er vorsichtig das Terrain bereiten. Eine kleine Aufmerksamkeit zu Weihnachten war ein erster Schritt in diese Richtung.

Er blickte auf die Auslage vor dem Buchgeschäft. Schöne Veröffentlichungen von Anthony Bourdain, Alfred Biolek und Dieter Müller erfreuten sein Auge. Und da sah er ihn, einen kleinen Band von einem Herrn namens Emmanuel Delaporte. Rezepte aus seinem Restaurant ‚Beim Franzosen'.

Pfundt konnte sich noch gut erinnern, dass er gern in dieses Bistro, das eher einer Fernfahrerkneipe glich, eingekehrt war. Fünfundzwanzig Jahre hatte Delaporte in der Antwerpener Straße nur mit einer einzigen Kochhilfe die leckersten Speisen gezaubert.

Pfundts Lieblingsgericht war das Cassoulet „Tante Louise" gewesen. Eine überaus opulente Angelegenheit. Als er es eines Abends im Jahre 1999 sechs Architektenfreunden empfohlen hatte, wusste er allerdings nicht, dass Delaporte nur maximal fünf Cassoulet am Abend gleichzeitig zubereiten konnte. Zwei von ihnen hatten verzichten und etwas anderes aus der Karte auswählen müssen. Zu diesen Enttäuschten hatte auch Pfundt gezählt. Allerdings war das Coq au Vin, für das sie sich dann entschieden hatten, auch nicht von schlechten Eltern gewesen.

Außerdem konnte Pfundt sich daran erinnern, dass zwischen den Gängen immer sehr viel Zeit vergangen war. Die Folge war der übermäßige Genuss der hervorragenden offenen Weine gewesen. Er war regelmäßig gut abgefüllt gewesen, wenn er das Restaurant am frühen Morgen verlassen hatte.

Und nun konnte man alles nachkochen. Fantastisch. Er würde ein Exemplar für Johannes und eins für sich mitnehmen.

Als er zwei Bücher von dem Stapel nehmen wollte, hatte er erneut den Eindruck, dass ihn jemand beobachtete. Diesmal war er sich ganz sicher. Doch auch nachdem er sich intensiv umgeschaut hatte, konnte er nicht sagen, wer oder was diesen Eindruck erweckte. In diesem Moment vibrierte sein Handy.

*

„Dora, es tut mir wirklich leid, ich muss wieder absagen."

„Meinetwegen. Schont die Figur. Guten Flug auf alle Fälle."

„Vielen Dank, Schatz. Ich liebe dich."

Johannes legte auf. Dafür, dass er das Essen im Kulinarischen Treffpunkt erneut verschoben hatte, hatte Dora sehr lau reagiert.

Für seinen Geschmack zu lau und er wusste nicht, wie er dies einordnen sollte. War sie nun sauer oder erleichtert gewesen?

Ein klärendes Gespräch wurde immer drängender, zu dumm, dass seine professionelle Anwesenheit außerhalb des Rheinlands verlangt wurde. Er würde noch heute nach Berlin fliegen, um am Abend einer Weinverkostung in ‚Hammers Weinkostbar' beiwohnen zu können. Riesling und Spätburgunder standen auf dem Programm.

Normalerweise schrieb Johannes nur über Lokale im Kölner Raum, aber diese Berlinreise wurde notwendig, da sein Verleger ein Ranking der besten deutschen Pinot Noirs bringen wollte. Der Artikel sollte in drei Tagen erscheinen und sein Verleger hatte in Erfahrung gebracht, dass es die einmalige Gelegenheit gäbe, bei Hammers einen hervorragenden Querschnitt probieren zu können.

Er hatte Johannes zu dieser Aufgabe mit allen Mitteln gedrängt.

Johannes war zwar Restauranttester, aber zuweilen missbrauchte seine Zeitung sein Talent auch für Weinkritiken.

Na ja, er kannte sich halt auch auf diesem Gebiet bestens aus.

Vielleicht war es nach den Geschehnissen der letzten Tage ganz gut, etwas Abstand zu gewinnen. Die verfahrene Situation mit Dora und Theos Tod lagen ihm auf der Seele. Und für Dora würde er für die Zeit seiner Abwesenheit einfach einen ‚Aufpasser' suchen, der den Abend mit ihr verbrachte. Er hatte den Eindruck, dass sie zurzeit nicht allein bleiben sollte.

Er hielt sich zwar nicht für eifersüchtig, aber in der aktuellen Phase ihrer Beziehung wollte er kein Risiko eingehen. Er wusste einfach, wie gut sie bei den Männern ankam.

Mit dem Besitzerpärchen des Hammers, Manuela und Jürgen, war er befreundet und er freute sich auf ein Wiedersehen. Beide verfügten über exzellente Weinkenntnisse, die seine eigenen überstiegen, was er nie zugegeben hätte.

Manuela war darüber hinaus eine hervorragende Zigarrenexpertin. Dora hätte ihre reine Freude an ihr.

Jürgen hatte zu seinen Weinproben immer ein paar Überraschungen in petto, an denen Johannes nie vorbeigehen konnte. Erst kürzlich hatte er sich von Jürgen eine Kiste slowenischer Weine schicken lassen. Und das, was er davon bisher probiert hatte, war der Hit.

Das Motto auf den selbstbedruckten T-Shirts, die in der Bar käuflich erstanden werden konnten, hätte von ihm selbst sein können: „Es ist nie zu früh für Spätburgunder."

*

Johannes war also auf dem Weg in die Hauptstadt. Ein dringender Auftrag, wie er gesagt hatte.

Wunderbar, Ausgehen hatte sich erledigt und sie konnte einen Diättag einlegen. Sie würde sich heute Abend vor ihren Fernseher platzieren und eine DVD einwerfen. Seit Wochen schon wollte sie sich einen Film über ein Auto anschauen, bei dem Clint Eastwood Regie geführt hatte. Dazu zwei Scheiben Knäckebrot und ein Glas Lauer Riesling. Das hörte sich in ihren Ohren fantastisch an. So überfressen wie sie war.

Doch nun stand Kai vor ihrer Tür und machte einen leicht verwirrten Eindruck.

„Dora, ich werde verfolgt", sagte er nach zwei flüchtigen Wangenküsschen.

Kost ließ ihn auf ihrer Couch Platz nehmen. „Von wem denn?"

„Das weiß ich nicht, aber ich habe das Gefühl, dass mir jemand folgt, und zwar schon den ganzen Tag. Und da du ja von der Polizei bist, dachte ich mir, ich könnte mit dir darüber sprechen. Du weißt bestimmt, was in einem solchen Fall zu tun ist."

„Meinst du nicht, dass du ein wenig übertreibst?" Kost war schon seit einiger Zeit aufgefallen, dass Kai ganz offensichtlich nicht nur *ein* Auge auf sie geworfen hatte. Es gab eindeutige Anzeichen für sein erotisches Interesse.

Er nutzte diesen Vorwand, um in Johannes Abwesenheit – *woher wusste er wohl, dass Johannes kurzfristig wegmusste?* - seine Chance zu ergreifen.

Nun stellte sich die Frage, ob sie sein Spiel mitspielen wollte.

Kais hervorstechendsten Eigenschaften waren seine Eloquenz, sein maßloses Vertrauen in seine eigenen Fähigkeiten und die leicht arroganten Anflüge, die er von Zeit zu Zeit zur Schau trug. Trotz ein paar Anlaufschwierigkeiten mochte sie ihn. Sie würde sich seinen

Annäherungsversuch anschauen, sie hatte eh nichts Besseres zu tun.

Während sie dies überlegte, beschrieb Kai bereits die Szenerie vor dem Kochbuchladen: „Ich war in diesem Moment sicher, dass sich ein Augenpaar in meinen Rücken bohrte. Was meinst du, soll ich die Polizei verständigen?“

„Das halte ich für etwas übertrieben, Kai. Diese würde annehmen, dass du neurotisch bist und unter Wahnvorstellungen leidest. Wie kommt es überhaupt, dass du dir so sicher bist?“

„Dora, dafür habe ich einen sechsten Sinn. Das ist angeboren.“

„Nun ja, lassen wir das einmal so stehen. Und was soll ich jetzt deines Erachtens unternehmen?“

„Ich habe mir da Folgendes gedacht ...“ Kai legte eine Kunstpause ein, bevor er die Bombe platzen ließ. „Du könntest den Rest des Tages mit mir verbringen.“ Wieder eine Pause, in der Kost erst einmal Luft holen musste. „Du bist Polizistin und hast eine entsprechend geschulte Beobachtungsgabe. Du könntest sozusagen überprüfen, ob mein Eindruck der Realität entspricht. Vier Augen sehen schließlich mehr als zwei.“

„Das hast du dir ja toll ausgedacht. Ich soll dir also als dein Schatten folgen und geheimdienstmäßig die Umgebung observieren? Nur damit ich mir ein besseres Bild machen kann: wobei soll ich dich denn heute noch so begleiten?“

„Na ja, du sollst mir nicht gerade klammheimlich folgen. Ich dachte, wir gehen zusammen essen.“

„Oh, tatsächlich. Und in weiser Voraussicht hast du auch schon einen Tisch reserviert?“

„Du kennst mich doch!“

„Eben!“

*

Sie saß ihm gegenüber, schwarzes Kostüm, schwarze Lackstöckelschuhe. *Unnahbar und nah zugleich*, dachte Haas.

Er hatte Elke in das Sternerestaurant im Wasserturm eingeladen. Das richtige Ambiente für ein Wiedersehen. Doch bis auf ein paar Begrüßungsfloskeln und Beileidsbekundungen hatten sie bisher nichts Weiteres ausgetauscht. Vor ihnen standen unberührt zwei Gläser Champagner.

Nach ein paar schweigsamen Minuten sah Elke ihn direkt an. „Meinst du wirklich, wir sollten heute hier sein und anstoßen? Das kommt mir ein bisschen pietätlos vor. Theo ist noch nicht mal richtig unter der Erde."

„Du hast Recht. Der Moment ist nicht ganz passend. Aber ich bin sicher, Theo hätte nichts dagegen. Er war jederzeit für ein gutes Dinner zu haben. Wir sollten auf ihn trinken. Und ich bin mir absolut gewiss, dass er da oben", Haas schaute zur Decke des Restaurants, „den Megaweinkeller hat, und er sich aussuchen kann, was er will. Mach dir mal nicht zu viele Gedanken."

„Mir kommt die ganze Situation dennoch komisch vor. Aber in Ordnung, lass uns auf deinen alten Freund und meinen Ex-Mann die Gläser erheben."

Sie stießen an, doch als Haas das Sektglas zum Mund führte, sah er das Unheil auf sich zukommen. Dora und Kai. Sie hatten augenscheinlich die gleiche Idee wie er gehabt.

Aber wo war Johannes? Bevor er diesen Gedanken zu Ende brachte, stand Kai schon vor ihnen.

„Hallo Kai." Haas bemerkte, wie nervös er klang.

Sein Freund trat die Flucht nach vorne an und reichte Elke die Hand. „Das ist aber eine Überraschung, euch hier zu treffen. Elke, ich wusste gar nicht, dass du in Köln bist." Ohne ihre Entgegnung abzuwarten, fuhr er fort: „Darf ich dir Dorothea Kost vorstellen? Ich glaube, ihr kennt euch noch nicht. Dora, das ist Elke Franz, Theos geschiedene Frau."

„Sehr erfreut, Frau Franz. Sie können mich Dora nennen. Und herzliches Beileid wegen Ihres Ex-Mannes."

„Vielen Dank. Wie gesagt, ich heiße Elke."

Dora machte auf Haas einen völlig ungezwungenen und offenen Eindruck, obwohl sie nicht mit ihrem aktuellen Freund unterwegs war.

Haas hoffte, dass die beiden nun an ihren Tisch gehen würden, doch dann machte Elke den verhängnisvollen Fehler: „Möchtet ihr euch nicht zu uns setzen? Wir stoßen gerade auf Theo an."

Haas bemerkte Kais skeptischen Blick und schöpfte Hoffnung. Dann aber nickte Dora als Zeichen ihres Einverständnisses. „Sehr gerne. So haben wir Gelegenheit, uns viel Gutes über Theo zu erzählen."

Haas raufte sich in Gedanken die Haare.

Sie baten den Ober, aus dem Zweier- einen Vierertisch zu machen.

Nach zehn Minuten hatten auch Dora und Kai etwas Perlendes vor sich stehen.

„Wo ist eigentlich Johannes?" Diese Frage konnte sich Haas nicht verkneifen.

„Er ist in Berlin für ein Tasting", antwortete Dora, und Kai ergänzte: „Er hat mich gebeten, mit Dora auszugehen, da er deshalb den gemeinsamen Restaurantbesuch für heute absagen musste."

„Du bist ein echter Freund", witzelte Haas.

„Man tut, was man kann!" Kai grinste breit.

„Du pflegst also eine eher offene Partnerschaft, Dora?", mischte sich Elke ins Gespräch ein.

„Nicht ganz. Doch Johannes versetzt mich in letzter Zeit zu häufig und ich dachte mir, ich räche mich ein wenig an ihm, indem ich

Kais Einladung annehme. Und das besonders gerne, weil Johannes es selbst vorgeschlagen hat." Dora lächelte.

„Sehr richtig, meine Liebe. Die Männer sollten sich ihrer Geliebten nie zu sicher sein."

Haas fügte sich in sein Schicksal. Elke schien Dora auf Anhieb sympathisch zu finden, obwohl Dora ihr in puncto Aussehen durchaus Konkurrenz machen konnte. Rotes Kostüm von Nikowa, sechs Zentimeter hohe, klassische Pumps und eine prima Figur.

„Ich sehe schon, Elke, wir verstehen uns. Bist du wegen Theos Beerdigung in Köln, wenn ich das fragen darf? Du wohnst doch, wenn ich es recht weiß, außerhalb."

„Ich lebe in Münster. Ja, ich komme tatsächlich zur Beerdigung meines Ex-Mannes. Trotz unserer Scheidung bin ich ihm das natürlich schuldig. Besonders unter diesen schrecklichen Umständen."

„Kann ich verstehen. Und Bernd zeigt dir, bis Theos Leiche freigegeben wird, die besten Gourmettempel der Stadt?"

„Ich habe ihn angerufen, weil ich Beistand bedurfte und wir uns gut verstehen. Ich wusste nicht, dass er mich direkt so feudal ausführt." Elkes Ausführungen klangen wie eine Entschuldigung.

Bevor das Gespräch seinen Fortgang fand, wurde der erste Gang aufgetragen: aromatisierte Jakobsmuschel mit Blumenkohlsalat, Sternanis und leichter Ingwercreme. Es roch himmlisch. Dazu sollte es einen gereiften Chardonnay aus Burgund geben. Bernd war sich mit Kai jedoch anfänglich nicht ganz einig über die Weinauswahl, bis Kost ein Machtwort sprach: „Wenn das Essen kalt wird, bis ich einen Wein im Glas habe, gehe ich sofort nach Hause und überlasse euch eurem Schicksal, Jungs!"

Unverzüglich orderten die Männer den Chardonnay.

Theodor Franz gewaltsamer Tod blieb das Hauptthema des Abends. So bekam Dora tiefere Einblicke in Franz Leben zu Zeiten seiner Ehe.

Elke gab bereitwillig Auskunft. Ganz zu Bernds Leidwesen.

Nebenbei verspeisten sie Safran-Aal in Rote Bete, Nebraska-Rind mit feinem Spitzkohl und Schmelzkäse mit Kartoffelschnee und Trüffelvinaigrette.

Elke und Dora wurden immer munterer, wohingegen die Herren der Schöpfung zunehmend schweigsam vor sich hin aßen.

Beim Schmelzkäse angelangt, wurde Dora wieder dienstlich. „Elke, hatte Theo irgendwelche Feinde?“

„Was heißt Feinde? Er war ein Pedant und häufiger mal aufbrausend. Mit diesem Verhalten machte er sich natürlich nicht nur Freunde. Er stritt häufig mit seinen Kunden, wenn sie mit seinen Empfehlungen unzufrieden waren. Er sagte dann immer, eine Kapitalanlage bräuchte Zeit, um sich wertmäßig auszuzahlen. Schnellen Profit gab es für ihn nicht.“

„Interessant! Kannst du dich noch an die Namen des einen oder anderen Klienten erinnern?“

„Nein, wirklich nicht. Seine beruflichen Themen waren mir zu abgehoben. Ich bekam nur zufällig Bruchteile der Streitgespräche mit.“

„Okay, mit wem hat sich Theo denn noch auseinandergesetzt?“

„Natürlich mit seinem Weinhändler. An den Namen kann ich mich genau erinnern, den vergisst man nicht so schnell, Torwald Krawald, mit zweimal Wald am Ende. Ich musste dort für Theo häufiger Wein abholen, wenn er keine Zeit hatte.“

„Worum ging es bei ihren Auseinandersetzungen?“

„Preise für spezielle Jahrgänge, die Theo bei ihm bestellt hatte. Theo hatte immer den Eindruck, dass ihn Krawald über den Tisch ziehen wollte. Außerdem war er sehr ungehalten, wenn dieser sich außerstande sah, bestimmte Flaschen zu besorgen. Die beiden hatten schon eine sehr merkwürdige Beziehung zueinander. Trotz seiner Unzufriedenheit hat er Krawald regelmäßig kontaktiert.“

„Bernd, Kai, kennt ihr diesen Händler?“

Bernd antwortete zuerst: „Theo hat von ihm gesprochen, ich habe ihn aber nie aufgesucht. Ich bestelle meine Weine in der Regel direkt beim Winzer. Es macht auch viel mehr Spaß, die Weine beim Erzeuger zu verkosten und das zu kaufen, was einem vor Ort gefällt. Zum Händler gehe ich nur in Notfällen. Krawald habe ich nie kennengelernt.“

„Kai?“

„Ich kenne ihn flüchtig. Krawald ist unter Burgunderfreunden sehr geschätzt. Ich trinke dagegen lieber Bordeaux. Ich hatte also nie Veranlassung, Krawalds Dienste in Anspruch zu nehmen.“

„Ihr wisst aber, wo ich diesen Herrn finde?“

„Du findest seine Adresse mit Sicherheit im Internet. Unter ‚Weinhandlung Krawald‘ in Köln. Dürfte kein Problem sein“, sagte Kai.

Dora wandte sich wieder an Elke. „Kannst du dich noch an andere Begebenheiten erinnern, bei denen es Streit zwischen Theo und anderen Personen gab?“

„Ich denke nicht“, antwortete Elke. „Allerdings hat er schon mal Freunde angebrüllt. Bernd, Kai oder deinen Johannes, da machte er keinen Unterschied.“

„Stimmt“, sagte Bernd. „Insbesondere dann, wenn wir mit seiner Burgunderauswahl nicht übereinstimmten. Da war Theo nie und niemals kompromissbereit.“

„Okay Dora, lass es mal gut sein“, unterbrach Kai das Frage- und Antwortspiel. „Wir sollten lieber noch einen Jahrgangschampagner zum Abschluss trinken. Ich weiß nicht wie es bei euch aussieht, aber ich müsste auch bald mal ins Bett.“

„Kai“, entrüstete sich Dora. „Das ist das erste Mal, dass ich das von dir höre. Du wirst doch nicht etwa alt?“

„Nein Dora, nur langsam total betrunken.“

*

Dora war alleine in einem Taxi zu ihrer Wohnung gefahren. Kai hatte sie zwar, galant wie er war, begleiten wollen, aber sie hatte abgelehnt.

Es war ein spannender Abend gewesen und sie bekam einen immer besseren Einblick in den Kreis, in dem Johannes gewöhnlich verkehrte.

Dass Bernd sich für Elke interessierte, war nicht zu übersehen gewesen. Das Gleiche konnte sie allerdings auch über Kai in Bezug auf ihre eigene Person sagen.

Es war spät. Sie wollte nicht weiter über diese Erkenntnis nachdenken. Morgen stand die nächste Ultraschalluntersuchung an, und Kost brauchte etwas Ruhe.

Die sollte sie diese Nacht allerdings nicht finden. Gegen zwei Uhr morgens holte sie das Telefon aus einem ohnehin unruhigen Schlaf.

„Hallo Dora. Ich möchte dich wirklich nicht stören, aber ich muss dir etwas sehr Wichtiges mitteilen." Paula war hörbar unwohl in ihrer Haut. Aber wenn sie es um diese Zeit für nötig erachtete, Dora anzurufen, brannte es wirklich.

„Kein Problem, Paula. Was gibt es denn?"

„Kai Pfundt ist gerade bei uns in die Klinik eingeliefert worden. Ich habe die Erstversorgung durchgeführt. Man hat vor seiner Haustür versucht, ihm den Schädel einzuschlagen."

Kost war noch ganz benebelt. „Wie bitte? Ich war doch bis eben mit ihm zusammen. Wie schlimm ist es denn?"

„Er hat Glück gehabt. Platzwunde und eine mittelschwere Gehirnerschütterung."

„Gott sei Dank. Ist er ansprechbar?"

„Allerdings. Und er hat nach dir verlangt. Habt ihr etwa heute Abend etwas angestellt, von dem ich nichts wissen sollte?"

„Wir waren nur zusammen essen. Kein Grund, die Pferde scheu zu machen."

„Das will ich doch hoffen."

„Kann ich Kai besuchen?"

„Heute Nacht ganz sicher nicht mehr. Wir haben ihn ruhig gestellt. Morgen früh will zuerst deine Kollegin Stammfeld nochmal mit ihm reden."

„Bettina war also schon bei Kai?"

„Nur ganz kurz, er ist noch ziemlich benommen. Wenn ich es richtig verstanden habe, geht sie von einem Raubüberfall aus. Seine Taschen sind restlos leer geräumt worden. Aber wie gesagt, er hatte Glück. Er wird es überleben. Und auf das Geld in seiner Brieftasche kann er in diesem Fall sicher gut verzichten."

„Paula, ganz im Vertrauen. Ich bin mir gar nicht so sicher, ob das ein simpler Raubüberfall gewesen ist. Kai ist schon der zweite aus dem Plonk-Club, der eins auf den Kopf bekommen hat."

„Das ist in der Tat merkwürdig. Vielleicht ist es aber auch nur ein Zufall. Wer weiß? Übrigens, was ich dich schon immer fragen wollte, wofür steht Plonk-Club eigentlich?"

„Johannes hat es mir mit britischem Understatement erklärt: Club des einfachen Weines."

„So, so. Wenn ich das also richtig verstehe, trinken die Mitglieder dieses Vereins gerne Plörre."

UNGEHÖRIGE ANTWORTEN

Stammfeld saß zusammen mit ihrem Kollegen Fischbein an Pfundts Krankenbett. Sie bemerkte, dass der Architekt nicht mehr so blass aussah, wie in den frühen Morgenstunden, kurz nach seiner Einlieferung. Allerdings war für Stammfeld nur die Tatsache seiner Vernehmungsfähigkeit wichtig. Sie hatte vom behandelnden Arzt zwanzig Minuten bewilligt bekommen und die sollten genutzt werden. „Haben Sie den Angreifer erkannt, Herr Pfundt?"

Pfundt antwortete mit schwacher Stimme: „Tut mir leid, da kann ich Ihnen nicht weiterhelfen. Ich hatte gerade die Haustür aufgeschlossen, als auch schon die totale Sonnenfinsternis über mich hereinbrach."

„Haben Sie vielleicht eine Ahnung, was der Angreifer von Ihnen wollte?"

„Na, wissen Sie! Meine Brieftasche ist weg. Der wollte mein Bares."

„Sie sagten, Sie hatten die Haustür bereits aufgeschlossen. Halten Sie es für möglich, dass der Täter auch etwas aus Ihrem Haus gestohlen hat?"

„Kann ich nicht beurteilen. Wie gesagt, ich war da bereits weggetreten. Haben Sie den Eindruck, dass etwas fehlt?"

„Nein. Uns ist nichts Ungewöhnliches aufgefallen. Alles schien an seinem Platz zu sein. Ihre teuren Uhren genauso, wie Ihre Briefmarken- oder Ihre Münzsammlung. Wieso haben Sie für diese

Dinge eigentlich keinen Safe?"

„Damit Einbrecher mein halbes Haus in die Luft sprengen, nur um das blöde Ding aufzubrechen? Nein, außerdem ist alles gut versichert."

„Verstehe. Sie haben, als Sie wieder zu sich kamen, selbst die Polizei angerufen?"

„Richtig, ich wohne sehr einsam. Die Chance, dass ein Nachbar meine Notsituation hätte bemerken können, war minimal. Ich habe mich ins Haus geschleppt und Ihre Kollegen vom Hausapparat angerufen."

„Das stimmt mit meinen Informationen überein", bestätigte Stammfeld. „War der Täter schon weg, als Sie wieder zu sich kamen?"

„Das nehme ich doch schwer an. Sonst hätte er mir wahrscheinlich noch eins auf die Rübe gegeben."

„Wahrscheinlich."

„Auf jeden Fall habe ich niemanden bemerkt."

„Wie ich aus den Unterlagen Ihres Arztes ersehe, hatten Sie etwa 1,5 Promille im Blut. Gab es gestern etwas zu feiern?"

„Ich war mit Freunden essen. Ihre Kollegin, Frau Kost, kann das bestätigen. Sie war ebenfalls dabei."

„Oh Gott", stöhnte Stammfeld. „Nicht auch das noch."

„Wir haben ein paar Flaschen Wein getrunken, daher der Alkoholpegel. Aber wenn Sie meinen, das hätte mich veranlasst, selbst auf mich einzuschlagen, liegen Sie falsch."

„Schon recht."

„Da gibt es noch was, das ich Ihnen sagen sollte." Pfundt kaute verlegen auf seiner Lippe rum. „Ich fühlte mich gestern den ganzen Tag verfolgt. Das habe ich auch Frau Kost erzählt. Es war nur so ein Gefühl, ohne, dass ich dieses konkretisieren könnte. Aber merkwürdig war das schon."

„Wenn ich Sie hier richtig verstehe, können Sie keine Angaben zu Ihrem vermeintlichen Verfolger machen, da das Ganze nur irgendwie ein flüchtiger Eindruck war?"

„Ganz recht, aber ich fühlte mich ehrlich unwohl in meiner Haut."

„Nun gut, wir schauen mal, was wir aus Ihren Angaben machen können. Geben Sie mir bitte noch die Namen der anderen Bekannten, die mit Ihnen gestern zusammen waren. Dann sind wir für heute fertig."

*

„Kommst du Kai besuchen?"

Als Kost in Paulas Bereitschaftsraum vorbeisah, hatte diese fünfzehn ihrer vierundzwanzig Stunden im Dienst hinter sich und sah entsprechend geschafft aus. Der Kaffee, den sie in der Hand hielt, schien sie auch nicht weiterzubringen.

„Eigentlich wollte ich zum Ultraschall", antwortete Kost.

„Und, warst du schon da?"

„Sie haben nichts gefunden."

„Das ist doch gut."

„Teils, teils. Dennoch haben mir die Ärzte empfohlen, eine Biopsie zu machen, um sicher abzuklären, was ich da in der Brust habe."

„Verstehe. Wie hast du dich entschieden?"

„Ich lasse es machen, ich möchte absolute Klarheit haben."

„Spricht da die Kommissarin aus dir?"

„Nein, nur die überaus besorgte Krebspatientin. Aber lassen wir das. Wie geht es Kai?"

„Gut, seine Lebensversicherung wird er nicht brauchen."

„Das freut mich. Bettina war auch schon da?“

„Habe ich zumindest gehört. Gesehen habe ich sie nicht. Ich hatte zu viel zu tun. Wirst du mit ihr sprechen, um ihr deine Vermutungen mitzuteilen?“

„Sicher. Hier passt einiges nicht zusammen.“

„Wenn es jemand auf die Mitglieder von Johannes Weinclub abgesehen hat, ist dann nicht auch Johannes in Gefahr?“

„Habe ich auch schon dran gedacht. Ich muss auf jeden Fall ein intensives Gespräch mit ihm führen. Vielleicht gibt es irgendetwas im Umfeld des Clubs, das die Morduntersuchungen voranbringen könnte.“

„Sei mir nicht böse. Solltest du dich da nicht besser raushalten? Schließlich bist du persönlich verwickelt in das besagte Umfeld.“

„Eine Unterredung mit meinem Freund kann sicher nicht schaden. Außerdem werde ich Bettina zeitnah informieren, sofern ich etwas erfahre.“

„Wie beruhigend! Du weißt ja: Die Wahrheit ist ein Ort, an den man nicht mittels Lügen gelangt. Dazu zählt auch die Selbstlüge.“

„Nehme ich zur Kenntnis. Und wo liegt nun Kai?“

*

Dora durfte Pfundt für eine halbe Stunde besuchen. Er war noch sehr müde. Dennoch erzählte er Dora, was er mit Stammfeld besprochen hatte.

Noch einmal unterhielten sie sich eingehend über Kais eingebildeten oder realen Schatten.

Danach machte Dora sich Vorwürfe, dass sie seine Ängste nicht ernster genommen hatte.

Insgesamt gab es da einige Ungereimtheiten, wie sie fand.

Nach abschließenden Trost- und Mitleidsbekundungen begab sich Dora zu Saturn am Ring, um für Johannes eine CD zu kaufen. Johannes war ein großer Jazzfan und für Doras Geschmack musiktechnisch etwas eindimensional aufgestellt. Daher wollte sie ihm etwas ganz anderes schenken. Sie dachte an Bat for Lashes „Two Suns". Hier sang eine Frau in höheren Sphären. So was sollte ihren Freund auch ohne ‚O Tannenbaum' in die richtige Stimmung bringen.

Tatsächlich hatte Saturn die Scheibe vorrätig. Und da es in diesem Musikgeschäft möglich war, in jede x-beliebige CD reinzuhören, verbrachte Dora noch eine weitere Stunde in dem Laden.

So kam es, dass sie nicht nur *eine* CD erwarb. Johannes würde außerdem das Soloprojekt von Karin Dreijer Andersson „Fever Ray", von Calexico „Carried to Dust" und Arcade Fires „Funeral" bekommen. Also ein gekonnter Frontalangriff auf seine eingefahrenen Musikwege.

Nach dem Einkauf versuchte sie es auf Johannes Handy und erwischte ihn in seiner Wohnung.

Angeblich machte er sich gerade frisch, nachdem er vor eineinhalb Stunden in Köln/Bonn gelandet war. Er schien guter Stimmung, als er vom vorherigen Abend erzählte: „Wir saßen sozusagen in Hammers Wohnzimmer, einem Raum hinter der Weinkostbar, in dem die Probe stattfand. Einige Berliner Weinkenner waren da. Es war sehr nett. Jürgen hatte wieder tolle Sachen da. Übrigens, er verkauft nun auch Saar-Rieslinge. Von denen hatte ich dir ja mal eine Kiste mitgebracht."

„Ist fast leer."

„Kann ich mir denken."

„Ihr hattet also richtig viel Spaß?"

„Der Kurztrip hat sich auf alle Fälle gelohnt. Besonders die Weine von J. B. Becker aus Walluf haben mich überrascht."

„Schön!" Kost wollte das Thema wechseln. „Während du in Berlin warst, ist auch in Köln einiges passiert."

„Tatsächlich? Hast du auch einen schönen Riesling entdeckt?" Kost hörte, wie Johannes kicherte.

„Mach keine Scherze, Johannes. Der Aufpasser, den du mir geschickt hast, wurde fast erschlagen."

„Wie bitte?", bellte Montus ins Telefon. „Kai ist verletzt?"

Kost erzählte ihm die ganze Geschichte. „Das mit eurem Plonk-Club ist `ne komische Sache. Ein Mitglied wurde getötet, ein zweites beinahe."

„Was willst du damit sagen?"

„Da hat es einer auf euch Weintrinker abgesehen, und ich frage mich, ob dir dazu irgendetwas Intelligentes einfällt?"

„Du meinst doch nicht etwa, ein anderer Weinclub will unseren auslöschen?"

„Blödsinn! Aber ich bin mir ziemlich sicher, dass der Täter oder vielleicht die Täter in irgendeiner Weise mit Plonk zu tun haben, also in eurem Umfeld zu finden sein sollten."

„Das sind ja unerhörte Vermutungen."

„Ich weiß, jedoch müssen wir der Realität unerschrocken ins Auge blicken. Nur leider tappe ich bezüglich des Motivs völlig im Dunkeln. Ne Idee?"

„Nein, überhaupt keine. Ich halte deine Spekulationen für ausgemachten Schwachsinn, entschuldige bitte, Dora."

„Abwarten, Johannes. Unter Umständen bist auch du gefährdet."

„Das glaube ich aber nun wirklich nicht. Vielleicht hat sich Kai im Suff selbst eine übergezogen."

„Johannes, ich mache keine Scherze!"

„Na gut, Spaß beiseite. Was ich damit sagen will, ist, dass diese beiden Vorfälle vielleicht nichts miteinander zu tun haben."

„Ich wollte was Intelligentes von dir hören."

„Na toll. Dann habe ich eine hervorragende Idee."

„Welche?"

„Bis der oder die Täter gefasst sind, ziehe ich bei dir ein. Du kannst dann von professioneller Seite auf mich aufpassen."

„Wenn ich es recht überlege, vergiss bitte alles, was ich vorhin gesagt habe."

*

Die Auswahl war überdimensioniert, fand er. Angesichts dieser Masse musste er, inzwischen verzweifelt, aber dennoch ausdauernd, nach seinen Favoriten Ausschau halten.

Krawald hielt sich in Feindesland auf. Er befand sich auf einer jener Weinmessen, bei denen das eigentliche Thema Wein nur Staffage war. Es ging vor allem darum, zu sehen und gesehen zu werden, Geschäfte anzubahnen und zu erkunden, was die Mehrzahl der Menschen dieses Jahr am liebsten trank.

Dabei wussten die Meisten gar nichts mit ihrem Geschmack anzufangen. Die Wenigsten kannten den Unterschied zwischen Spätburgunder und Cabernet Sauvignon oder Riesling und Chardonnay. Das musste ihnen schon einer der vielen Weinpäpste vorbeten. Hundert von hundert Bewertungspunkten hieß mindestens siebenstellige Gewinne. Widerlich!

Zu allem Überfluss fand die Messe dann auch nicht in Köln statt, sondern ausgerechnet in Düsseldorf. Krawald lebte die alte Feindschaft der beiden Städte konsequent aus, er ertrug sie regelrecht am eigenen Leibe.

Aber von Zeit zu Zeit verlangten seine Geschäfte, dass er sich einen Überblick verschaffte. Und so war er mit dem Zug nach Düsseldorf gereist, um die neuen Jahrgänge der französischen Burgunder kennenzulernen. Wenn er wieder in Köln wäre, würde er den ganzen Düsseldorfer Staub mit ein, zwei Kölsch runterspülen.

Krawald irrte zwischen den Ständen umher, doch endlich, nach einer halben Stunde, fand er den Ausschank mit den Burgundern.

Zu seiner Freude waren einige großartige Güter vertreten. Burguet, Féry-Meunier, Gros oder auch Méo-Camuzet. Er freute sich schon auf sein erstes Glas. Doch ein Probenglas zu ergattern, erwies sich als Herkulesaufgabe. Der Stand wurde regelrecht belagert.

Um sich bemerkbar zu machen, tippte er einem Anzugträger vor ihm auf die Schulter.

Als sich dieser umdrehte, erkannte er in ihm einen Kunden, den er vor nicht allzu langer Zeit in seinem Laden bedient hatte. Wenn er sich richtig erinnerte, und er vergaß in der Tat selten etwas, hatte ihn dieser Herr nach einer Flasche Grands-Echézeaux von 1988 gefragt.

Krawald sah sich genötigt, den Herrn darauf anzusprechen: „Guten Tag, ein netter Zufall, dass wir uns hier treffen. Sie erinnern sich vielleicht an mich. Sie fragten mich vor ein paar Tagen in meinem Laden nach einem Grands-Echézeaux von 1988."

Sein Gegenüber lächelte ihn an. „Natürlich, schön, Sie zu sehen. Aber wo sollten wir uns auch anders treffen, als hier bei den besten Weinen der Welt. Den Grands-Echézeaux von 1988 habe ich übrigens in der Tat woanders bekommen." Der Mann hob die linke Augenbraue. Augenscheinlich war er stolz auf sich selbst.

Krawald ließ dagegen unerwähnt, dass er zwischenzeitlich ebenfalls an eine Flasche dieses außergewöhnlichen Gewächses herangekommen war. Stattdessen fragte er: „Würden Sie mir verraten, wo Sie ihn erstanden haben?"

„Kellerauflösung. Ein Weinliebhaber, der ungenannt bleiben möchte, hat seinen fantastischen Keller aufgelöst, siebentausend Positionen."

„Darf ich so indiskret sein und fragen, warum dieser Herr das getan hat? Etwa aus wirtschaftlichen Gründen?"

„Am Geld lag es nicht, vielmehr am Zucker. Bei ihm wurde schwere Diabetes festgestellt und sein Arzt hat ihm den Weingenuss verboten."

„Das ist ja furchtbar." Krawald war geschockt.

„Nicht wahr! Eigentlich ein Grund für Selbstmord."

„Sagen Sie so was nicht. Aber das ist ein sehr tragischer Anlass für eine Kellerauflösung."

„Für mich nicht, ich habe meinen Wein bekommen."

„Wie sagt man so schön: Des einen Leid ist des anderen Freud."

„Und das Glück steckt für uns Weintrinker in einer bauchigen, schweren Flasche und keinesfalls woanders."

„Da haben Sie Recht. Apropos, ein paar Tropfen in einem Probierglas wären jetzt auch nicht schlecht. Glauben Sie, Sie könnten mir etwas von Anne Gros besorgen? Sie stehen näher an der Theke. Ich liebe Burgunder, die die gefühlvolle Hand einer Frau gespürt haben."

„Selbstverständlich! Ich stimme mit Ihrer Meinung überein. Ein Wein von einer Winzerin ist auf den ersten Blick oberflächlich schön und lediglich einschmeichelnd. Doch nach einer Weile im Mund offenbart er, dass sich tiefste Geheimnisse in ihm verbergen."

„Schön gesagt. Darf ich Sie übrigens nach Ihrem Namen fragen? Bei Ihrem Besuch in meinem Geschäft hatten Sie versäumt, ihn mir zu nennen."

„Natürlich, unter uns Weinfreunden sollten wir uns duzen. Ich heiße Johannes."

*

Die Beisetzung sollte in einigen Tagen erfolgen. Theos Freunde würden sich nach der Freigabe des Leichnams darum kümmern.

Sie beschloss, solange in Köln zu bleiben. Sie hatte auf der rechten Rheinseite im Hyatt ein Zimmer bezogen. Der Blick aus dem Fenster war wunderschön. Sie sah direkt auf die Hohenzollernbrücke und den dahinter liegenden Dom. An den Begrenzungsgittern der Brücke hingen inzwischen tausende von Vorhängeschlössern, die Liebespaare dort als Zeichen ihrer innigen Verbundenheit angebracht hatten.

Sie dachte an Bernd. Er interessierte sich noch immer für sie, da war sich Elke Franz sicher.

Die Einladung im Wasserturm war nur der Beginn seines Balzgehabes gewesen. Doch sie hatte ihm nicht erlaubt, sie zum Hyatt zurückzufahren. Stattdessen hatte sie ein Taxi genommen.

Dass Dora und Kai plötzlich in den Wasserturm hereinspaziert waren, hatte ihm offensichtlich nicht gefallen. Ihr dagegen war es recht gewesen. Sie wollte ihn zunächst auf Distanz halten. Er war nicht der Typ Mann, auf den sie normalerweise stand. Dennoch konnte Bernd für sie nützlich sein. Sie wollte es sich nicht mit ihm verderben.

Dora schien eine interessante Persönlichkeit zu sein, vielschichtig und durchweg kompliziert. Diesen Typ Mensch mochte Elke. Sie hatten ihre Handynummern ausgetauscht, um sich für einen Weihnachtsbummel zu verabreden.

Kaum hatte sie das gedacht, klingelte ihr Handy und Dora war am anderen Ende. „Hast du das von Kai gehört?", fragte sie.

„Was genau soll ich gehört haben?"

„Er wurde niedergeschlagen, hatte aber unverschämtes Glück im Unglück."

Elke war erschüttert. Sie beschloss, Kai baldmöglichst im Hospital zu besuchen.

Auf den Schrecken musste sie etwas trinken. Sie fragte: „Können wir uns treffen, Dora?"

„Na klar. Ich wohne nicht weit entfernt von deinem Hotel. Also lass uns die City unsicher machen."

*

Er hatte alles beobachtet.

Er hatte alles beobachtet und rief sich die entscheidenden Szenen noch einmal ins Gedächtnis. Er genoss und hasste es, als würde es tatsächlich nochmal geschehen.

Er war Pfundt auf den Fersen. Er fing ihn an seinem Eigenheim ab und verfolgte ihn in dem Renault, den er am Vorabend in Ehrenfeld aufgebrochen hatte. Das hatte er von einem Pennbruder gelernt, der viele Jahre Luxuskarren geknackt hatte, um sie in den Osten zu verschieben. Die beste Universität war halt immer noch die Straße.

Er sah, wie der Trottel Kochbücher kaufte. Dabei konnte sich Tau gar nicht vorstellen, dass ein arroganter Schnösel wie Pfundt selbst kochte. Das waren sicher nur Weihnachtsgeschenke für seine, ihn bekochenden Gespielinnen.

Eine von diesen Superweibern bekam Tau auch gleich am Abend zu Gesicht, eine aufregende Brünette.

Pfundt führte sie natürlich in ein schickes und angesagtes Restaurant aus. Wie konnte es auch anders sein.

Vier Stunden wartete er in der Kälte, bis die beiden, in bester

Stimmung, wieder herauskamen. Die Wagenheizung während der gesamten Zeit laufen zu lassen, hätte zu viel Sprit verbraucht. Geld für neuen hatte er nicht. Aber ihm, der es gewohnt war, auf der Straße zu leben, machte das wenig aus.

Eine Blondine und ihr Begleiter verließen zeitgleich mit ihnen das Restaurant. Blondie hatte er kürzlich am Bahnhof gesehen und plötzlich fiel ihm wieder ein, woher er die Dame kannte. Sie hatte Pfundt hin und wieder begleitet. Nun hatte sie offensichtlich einen anderen Partner. Einen Typen, den Tau ebenfalls aus seiner Vergangenheit kannte.

Und Pfundt machte jetzt mit einer Brünetten rum. Bäumchen wechsle dich also. Tau freute sich diebisch, als sie Pfundt stehen ließ und ohne ihn in einem Taxi abrauschte. Diesmal kam der Heini also nicht zum Schuss.

Er folgte ihm zurück bis zu seinem Haus und sah, wie er zu seiner Beule kam. Eigentlich wollte Tau sie ihm selbst verpassen, aber ein anderer war schneller.

Auch gut, denn nun konnte er aus dem Beobachteten Profit schlagen. Eine kleine Erpressung, die seine Liquiditätssituation schlagartig ändern würde. Rechtzeitig zu Weihnachten würde er seine ganz persönliche Bescherung bekommen.

Er musste nur Kontakt aufnehmen und verdeutlichen, dass es ihm ernst war. Und er musste cool bleiben. Er würde jeden einzelnen Schritt genau planen. Keine unüberlegten Sachen. Seine Pechsträhne war vorbei. Die Sterne am Himmel strahlten eindeutig heller als sonst.

*

Sie schlenderten gelassen durch die Kölner Altstadt. Auf dem Rhein schipperten Lastkähne vorbei. Die Touristen waren wie immer in der Überzahl und hinterließen überall ihre Spuren: Zertretene Pommes auf dem Pflaster, zerknitterte Glühweinbecher in den Gassen und angeheiterte Jugendliche, die die Vorweihnachtszeit auf ihre Weise feierten.

Nur gut, dachte Kost, *dass ab und zu Gevatter Rhein über die Ufer tritt und diesen Stadtteil kräftig durchspült.*

Der ganze Zivilisationsmüll wäre ansonsten etwas für die überdimensionierte Verbrennungsanlage im Norden Kölns, die sie dem Kölner Klüngel verdankten.

Kost verlief sich nur selten hierhin, aber Elke hatte den Wunsch gehabt, ihre Shoppingtour hier zu beginnen. Der alten Zeiten willen.

Sie passierten gerade ein altes Jazzlokal, dass Kost in ihrer Jugend ab und zu besucht hatte.

„Wie hast du Theo eigentlich kennen gelernt?", fragte sie.

„Natürlich im Rahmen einer Weinprobe. Andere Veranstaltungen hat Theo ja gemieden."

„Du hast dich damals auch für Wein interessiert?"

„Nur am Rande. Freunde hatten mich zu einer Weinverkostung mit Weinversteigerung im Kloster Eberbach eingeladen. Ich hatte nichts Besseres vor. Ich dachte also, das wäre mal eine nette Abwechslung." Sie lachte. „Wir haben den ganzen Tag bei schönstem Wetter in Kellergewölben und alten Schlafsälen der Mönche verbracht, um ausgiebig Riesling zu probieren. Irgendwann begann ich mich zu langweilen. Ich entschuldigte mich bei meinen Freunden und ging nach draußen, um eine Zigarette zu rauchen. Und da stand er. Theodor in seinem ganzen Elend."

„Bitte?"

„Er stand hinter einem großen Strauch und kotzte sich die Seele aus dem Leib."

„Nicht gerade die Situation, in der man seinen zukünftigen Ehemann kennenlernt."

„Als er mich bemerkte, war ihm das Ganze auch überaus peinlich. Er bat mich um eine Zigarette und versuchte mir die Sache zu erklären. Er hatte wohl am Vorabend ganz großartig in einem Gasthaus in Hattenheim gespeist. Dort gab es ein Vorspeisenmenü mit unglaublich vielen Gängen. Da Theo allein war und er es verabscheute, Wein glasweise zu bestellen, hatte er zwei Flaschen Wein getrunken. Danach wahrscheinlich noch ein, zwei Trester, auf jeden Fall hatte er es ein bisschen übertrieben. Die Probe am nächsten Tag hatte ihm dann den Rest gegeben. Die geballte Säure von ca. fünfzig Rieslingen hatte in seinem Verdauungstrakt gewisse revolutionäre Entwicklungen beschleunigt. Du weißt ja vielleicht, dass Theo den Wein im Rahmen einer Probe niemals auszuspucken pflegte, er wollte immer den Abgang beim Schlucken beurteilen. Und so kam es, dass ich vor den Klostertoren auf ihn traf. Wir kamen ins Gespräch, rauchten drei Zigaretten und am gleichen Abend saßen wir bei Kerzenlicht auf der Terrasse des Gelben Hauses, mit einem Krug Wasser. Danach hat er übrigens Riesling nur noch in homöopathischen Dosen genossen. Er trank dann bevorzugt Burgunder, der geringen Säure wegen. Ja, so war das damals."

„Aber eure Beziehung entwickelte sich nicht so, wie du dir erhofft hattest." Kosts Äußerung war mehr eine Feststellung als eine Frage.

„Mit der Zeit zog er sich immer mehr zurück. Er hatte seine Arbeit und seinen Wein. Seine Frau schien in seinem Leben keinen Platz mehr zu haben. Deshalb die Scheidung. Nach vierzehn Jahren."

„Und nun? Wartet jemand in Münster auf dich?"

„Leider nein. Ich habe, nach meinen Erfahrungen mit Theo, offensichtlich einige Ansprüche kultiviert, die die meisten Männer abschrecken. Überhaupt bleiben intelligente Frauen meistens Singles. Die Männer haben ihnen gegenüber eine Phobie."

„Könnte stimmen. Aber Bernd scheint das nicht abzuschrecken. Er hat eindeutig ein Auge auf dich geworfen."

„Bernd war schon immer an mir interessiert, auch schon zu Theos Zeiten."

„Er macht auf mich einen gebildeten und sympathischen Eindruck. Allerdings kenne ich ihn bei weitem nicht so lange wie du."

„Er besitzt Charme und Bildung, das stimmt. Er ist aber irgendwie nicht mein Typ. Ich kann nicht genau sagen, warum. Es ist aber so."

„Seht ihr euch noch, solange du in Köln bist?"

„Das ist durchaus zu befürchten."

Lachend blieben sie vor einem Antiquitätengeschäft stehen. „Wofür ist das denn?", fragte Kost. Sie betrachtete eine alte, kompliziert aussehende Konstruktion im Schaufenster.

„Zum vorsichtigen Dekantieren alter Weinflaschen", sagte Elke zu ihrer Überraschung. „Theo hat auch eins besessen. In diese Apparatur wird eine Flasche Wein eingespannt. Unter dem Flaschenhals wird eine Kerze entzündet und der Wein dann mittels dieses Gerätes vorsichtig dekantiert, und zwar dergestalt, dass das sogenannte Depot in der Flasche verbleibt. Im Kerzenschein ist es genau zu erkennen. Die Dinger sind richtig teuer, sehen gut aus, dienen aber meines Erachtens nur der Show."

„Wow, Frau Professorin, du verbindest Körper und Geist in vollendetster Form. Das wäre vielleicht was für Johannes… Ich meine natürlich die Dekantiermaschine. Zu Weihnachten."

„Schätzchen, das solltest du besser lassen. Am Ende sieht er das Ding lieber an als dich."

*

Seine Kasse war leer und er hatte noch nicht einmal ein Geschenk für Paula. Seit sechs Monaten hatte er kein Bild verkauft. Bedauerlicherweise waren auch seine Zertifikate den Bach runtergegangen - Theo hatte das gründlich vermasselt. Die Miete für sein Atelier, das auch zugleich seine Wohnung war, drückte ebenfalls. Zu allem Überfluss liebte es seine Freundin, teuer auszugehen.

Seine bescheidene Lebensweise und seine Rücklagen gehörten der Vergangenheit an.

Paula wusste von all dem nichts, er wollte ihr auch nichts sagen. Das war seine Angelegenheit und er wollte sie so kurz vor Weihnachten keinesfalls beunruhigen.

In den letzten Wochen schwankten seine Stimmungen zwischen himmelhochjauchzender Freude und absoluter Depression. An einem Tag fühlte er sich wie neugeboren, stark wie Herkules, und am anderen zu Tode betrübt. Sein behandelnder Neurologe war besorgt und plädierte für einen Aufenthalt in einer Spezialeinrichtung. Doch soweit war er noch nicht.

Gleichwohl musste er der Tatsache ins Auge blicken, dass er dringend Geld benötigte.

Deshalb war er auf dem Weg zu seinem Galeristen am Barbarossaplatz. Von Lofte wollte mit ihm über einen Vorschuss auf seine Ausstellung im Januar verhandeln. Er kannte die Antwort eigentlich schon, dennoch wollte er es versuchen.

Markus Daun begrüßte von Lofte überschwänglich: „Was macht denn mein Lieblingskünstler so? Bist du auch schön produktiv? Du weißt, wir brauchen noch ein bis zwei Exponate für Januar.“

„Kriegst du Markus, keine Sorge. Ich komme heute wegen einer anderen Angelegenheit."

„Na dann schieß mal los."

„Wir kennen uns jetzt schon viele Jahre", begann von Lofte. „Und du hast meine Sachen immer gut an den Mann oder die Frau bringen können. Das stimmt doch?"

„Maximilian, du bist ein großer Künstler, ein Genie, aber was jetzt kommt, kenne ich. Du brauchst Geld!"

„Wie kommst du darauf?"

„Jahrelange Erfahrung. Aber, um es kurz zu machen, ich kann dir leider nichts geben, Geschäftspolitik. Ich verspreche dir, deine Gemälde mit Hochdruck anzubieten. Mehr kann ich nicht für dich tun."

„Aber wir kennen uns jetzt schon eine so lange Zeit. Es wäre auch nur ausnahmsweise."

„Sorry, Maximilian. Aber das Business ist hart. Ich kann mir angesichts der starken Konkurrenz keine Schwäche leisten. Ich mag dich. Dennoch: Geschäft ist Geschäft."

„Auch so kurz vor dem Fest der Liebe? Weißt du, es ist nicht für mich. Ich brauche ein Geschenk für meine neue Freundin."

„Ich verstehe deine Lage und ich bin mir sicher, auch deine Partnerin wird Verständnis haben. Schenken ist nicht alles zu Weihnachten. Leg ihr ein selbst gemaltes Bild unter den Baum. Das ist auch viel persönlicher."

„Du hast gut reden."

„Glaub mir, alles halb so schlimm. Die Ausstellung wird ein großer Erfolg und dann bist du auch wieder flüssig. Schenk deiner Freundin doch einen Gutschein, den sie nach der Ausstellung einlösen darf."

„Das wäre in der Tat doch etwas peinlich, insbesondere wenn kein Bild verkauft wird. Schließlich hatten wir eine Finanzkrise, da sparen viele Menschen zuerst an der Kunst."

„Du Pessimist. So furchtbar wird es nicht kommen, vertrau mir. Aber eine Frage, wenn du erlaubst. Wo ist denn das Honorar für die letzten verkauften Bilder geblieben?“

„Ein Anlageberater hat es solange angelegt, bis es nicht mehr da war.“

„Witziger Spruch, mein Lieber.“

„Nicht von mir.“

„Sondern?“

„Woody Allen.“ Von Lofte wandte sich zum Gehen.

*

Er sah von Lofte hinterher und dachte: *in den Augen der Presse sicherlich einer der besten Künstler der Stadt.*

Er betreute ihn schon lange. Von Loftes Werke waren bis heute gefragt.

Daun hatte sich einige Jahre selbst als Maler versucht, allerdings ohne jeglichen Erfolg. Seine Arbeiten wurden in den einschlägigen Publikationen verrissen, sofern sie überhaupt wahrgenommen wurden.

Von Lofte dagegen war, warum auch immer, der Liebling der Kölner Kunstkritiker, aber auch darüber hinaus ganz oben. Daun hatte gut an ihm verdient.

Vor einiger Zeit erst hatten zwei von von Loftes Freunden je ein Bild erworben. Da von Lofte offensichtlich Geld brauchte, hatten sie sich wahrscheinlich breit schlagen lassen, etwas von ihm zu kaufen. Statt Ausschau nach wahrer Kunst zu halten, hatten sie einem Bekannten nur einen Gefallen tun wollen, ohne den künstlerischen Anspruch auch nur ansatzweise berücksichtigt zu haben. An die Namen dieser

Typen konnte er sich noch genau erinnern. Theodor Franz und Kai Pfundt. Er hatte die Bilder an ihre Adresse liefern lassen.

Insgeheim freute es Daun, dass Maximilian dieses Geld verspekuliert hatte. Er hatte es eigentlich auch nicht verdient.

Von Loftes Stil war in die Jahre gekommen, ihm fehlte das Neue, Aufregende, Innovative, also alles das, was Dauns eigene Kunst auszeichnete. Er selbst war seiner Zeit weit voraus. Doch seine eigenen Werke waren Ladenhüter. Er hatte vier davon unter dem Pseudonym Patrick Calon in seiner Galerie aufgehängt und mit einem zur Hälfte erfundenen Lebenslauf versehen. Aber die Leute gingen achtlos daran vorbei. Kunstbanausen.

Es war das erste Mal, dass er so über einen seiner Künstler dachte. Früher wäre ihm das unmöglich gewesen. Aber auch er hatte seine Erfahrungen in der Finanzkrise gemacht. Und Maximilian sei Dank, waren das keine guten gewesen.

*

Sie hatte auf Elke gehört und das Dekantierinstrument nicht erworben.

Das sagte sie Johannes selbstverständlich nicht, als er zu ihrer Tür hereinspaziert kam, begleitet von einem Sechserkarton Wein, den er breit grinsend unter dem Arm trug. „Nachschub", sagte er, bevor er sie auf den Mund küsste.

„Na wunderbar", stöhnte Dora. „Jetzt benutzt du meine Wohnung auch noch als Außenstelle deines Weinkellers. Ich habe überhaupt keinen Platz mehr, Johannes!"

„Kein Problem! Ich weiß aus Erfahrung, dass sechs Flaschen bei dir nicht lange überdauern."

„Du Scheusal. Du erinnerst dich aber noch daran, dass ich diäte?"

„Natürlich, doch es handelt sich in diesem Fall um einen Weißwein, der zehrt, anstatt die Pfunde zu bedienen."

„Na, deinen Optimismus hätte ich gerne. Was hast du denn mitgebracht? Passt der auch zu einer schönen Frikadelle mit Senf?"

„Aber hallo, und wie! Ein Maximin Grünhäuser Abtsberg, Superior, Riesling, 2008. Reifer Apfel, Volumen und Power. Passt zu fast allem."

„Was auch immer, stell mal ein bis zwei Flaschen in den Kühlschrank. Jeder Wein, der die Gerichte meiner Großmutter unterstreicht, soll mir recht sein."

„Dann bin ich ja beruhigt."

„Was *das* angeht sicherlich, aber du solltest dir über das Sorgen machen, was mit Theo und Kai passiert ist."

Johannes packte in der Küche die Kiste Wein aus, während Dora hinter ihm stand und seinen Po betrachtete.

Fünf Kilo weniger, täten dir auch gut, dachte sie, sprach ihren Gedanken aber nicht aus.

„Willst du erneut über diese Sache diskutieren? Ich habe mit Kai telefoniert. Er fühlt sich sehr gut. Morgen oder übermorgen kann er das Krankenhaus schon wieder verlassen."

„Das hört sich doch gut an."

„Kann man sagen. Er plant darüber hinaus ein großes Dinner mit seinen besten Freunden, sobald er wieder einigermaßen auf dem Damm ist."

„Das hat er gesagt?"

„Er ist voller Tatendrang. Außerdem weißt du ja, dass er einen großartigen Weinkeller besitzt. Das Essen wird sicherlich angeliefert und so oder so schmecken. Aber die Getränke werden von höchster Güte sein."

Inzwischen hatten sie sich ins Wohnzimmer begeben und auf dem Sofa Platz genommen. Johannes legte einen Arm um Doras Schultern und versuchte ihr einen Kuss aufzudrücken. Doch Dora schaute ihn ernst an. „Du denkst wirklich nur ans Essen und Trinken. Findest du nicht, dass dein Leben ein wenig eindimensional verläuft?"

Johannes lächelte. „Ganz und gar nicht. Du bist meine zweite, dritte und vierte Dimension. Das ist meines Erachtens mehr als genug."

„Na toll! Ich spreche vom Lebensalltag und du vom ewig Weiblichen, das euch Männer vor was-auch-immer retten soll."

„Goethe hatte in diesem Punkt ganz Recht."

„Verdammt, Johannes! Es geht um dein Leben und das deiner Freunde und nicht um irgendwelche literarischen Höhenflüge."

Doras Blick wurde, wenn das überhaupt möglich war, noch ernster. „Wir müssen uns zumindest gedanklich wappnen und in Erwägung ziehen, dass einige eurer Zunft ausgerottet werden sollen."

Montus Lächeln war aus seinem Gesicht verschwunden. „Gut, ich gebe zu, dass ein Zusammenhang zwischen Theos Tod und Kais Kopfschmerzen nicht ganz abwegig ist. Du wirst es nicht glauben, aber ich habe mir dazu Gedanken gemacht."

„Und zu welchem Ergebnis bist du gekommen?"

„Ich bin zu dem Ergebnis gekommen, dass ich keine Ahnung habe, was diese beiden Ereignisse gemein haben. Ich tappe total im Dunkeln."

„Das ist für euch Männer ja nichts Neues."

„Sag so etwas nicht. Selbsterkenntnis ist auch eine Erkenntnis."

„Du immer mit deinen Gemeinplätzen." Doras Mundwinkel verzogen sich nach unten, doch gleichzeitig begann sie zu lächeln. Nur Dora konnte zeitgleich, in einem einzigen Gesichtsausdruck, Skepsis und Humor ausdrücken. Beide Befindlichkeiten bildeten in ihrem

Gesicht eine Synthese, wobei in einem solchen Fall der Humor meist ein Übergewicht hatte. Ein sicheres Zeichen, dass Dora Johannes nicht mehr böse war.

Deswegen wagte er zu äußern: „Weil ich so wenig bis nichts weiß, du aber sicher bist, dass ich mich in Gefahr befinde, habe ich meinen Schlafanzug gleich mitgebracht, um bei meiner Leibwächterin zu nächtigen."

Jetzt verschwand auch der Rest der skeptischen Mundwinkel und Dora erwiderte: „Wenn du Glück hast, brauchst du nicht einmal dein Schlafgewand, um von mir beschützt zu werden."

VERFEHLTE FRAGEN

Johannes war weg. Er musste das Frühstück irgendeines Hotels für seine Zeitschrift testen.

Sie hatten nicht miteinander geschlafen. Johannes hatte am Vorabend eine der Weinflaschen geöffnet und da er hervorragend gemundet hatte, hatten sie die Flasche geleert und sich über das bevorstehende Prozedere an den Weihnachtstagen gestritten.

Dora hatte völlig andere Vorstellungen als ihr Freund. Sie wollte die Tage am liebsten alleine oder, wie sie sich ausdrückte, im Notfall mit Johannes verbringen. Der wollte aber nur den Heiligabend in trauter Zweisamkeit begehen. An den anderen Tagen wollte er mit Freunden kochen und kräftig abfeiern. Die Gästeliste hatte er bereits im Kopf.

Danach waren sie zu müde für einen Beischlaf gewesen. Das hatten sie übereinstimmend festgestellt.

Jetzt telefonierte Dora mit Paula, die mit ihrem Handy auf Maximilians Klodeckel saß, um ihren schlafenden Geliebten nicht zu wecken.

„Verdammt, rufst du früh an", begrüßte Paula sie.

„Du hast doch bis zum Wochenende frei. Stehst du dann nicht extra früh auf, um die Geschenke für deine Lieben zu besorgen?"

„Dora, du lebst in der Steinzeit. Heute macht man das von zu Hause, via Internet."

„Tschuldigung, ich vergaß. Was macht denn der Insektenkurs? Hast du Maximilian vorgewarnt?“

„Spinnst du? Das soll doch eine Überraschung werden.“

„Nicht, dass Maxi zu überrascht ist!“

„Nenn ihn doch nicht immer so. Er hasst das. Und ich übrigens auch. Ich habe mich schlaugemacht, was diese Insektengeschichte anbelangt. Unter anderem habe ich gelesen, dass es durchaus üblich ist, zum Beispiel Heuschrecken bei lebendigem Leib zu verspeisen.“

„Igitt. Ich könnte nicht auf diesen Dingern rumkauen. Schrecklicher Gedanke.“

„Musst du aber!“

„Weshalb denn das?“

„Wenn du lebend verspeiste Insekten nicht totbeißt, und einfach nur runterschluckst, krabbeln sie wieder die Speiseröhre hinauf. Und das willst du sicher vermeiden.“

„Um Gottes willen, hör auf mit diesen Gruselgeschichten. Das ist ja widerlich.“

„Das Beste bei Heuschrecken ist, ihnen direkt, mit einem gezielten Biss, den Kopf vom Rumpf abzutrennen.“

„Ihr Ärzte seid wirklich unzurechnungsfähig. Darüber solltest du einmal nachdenken.“

Weiter wollte Dora nicht gehen, um ihre Freundin von dieser Schnapsidee abzubringen. Maximilian musste halt schauen, wie er die Viecher runterwürgen, Verzeihung, guillotinieren würde.

*

Sie hatte sich Kaffee und Toast aufs Zimmer bringen lassen und im Bett gefrühstückt.

Heute hatte sie keine rechte Lust aufzustehen. Eigentlich war es an der Zeit, Kai im Krankenhaus zu besuchen. Das war sie ihm schuldig. Schließlich hatten sie vor Jahren eine kurze Affäre miteinander gehabt.

Bilder gingen ihr durch den Kopf.

Ihr Fehltritt mit Kai. Theos absolutes Desinteresse. Seine Besessenheit vom Wein. Ihre Hoffnung, er würde auf die Affäre reagieren. Aber ganz im Gegenteil: er unternahm nichts. Also hatte sie die Affäre mit Kai kurzerhand beendet.

Kai hatte es von der sportlichen Seite genommen. Er hatte die Gelegenheit gehabt, mit ihr zu schlafen und gut war es. Immerhin kannte er, was den Sex anging, ein paar nette Tricks.

Dennoch verspürte sie Hemmungen, ins Krankenhaus zu fahren. Sie konnte nicht sagen, was es war. Aber sie hatte ein ungutes Gefühl bei der Sache. Zudem musste sie berücksichtigen, dass Kai ein Auge auf Dora geworfen hatte.

Sie würde ihn erst einmal nur anrufen. Als sie allerdings seine Durchwahl wählte, unterrichtete sie eine automatische Ansage darüber, dass diese zurzeit nicht erreichbar sei.

War das die richtige Nummer? Oder hatte sich Kais Zustand wider Erwarten verschlechtert?

Sie ließ sich über die Auskunft die Nummer der Klinikzentrale geben. Es dauerte eine Zeitlang, bis endlich jemand abnahm.

„Ich würde gerne Herrn Kai Pfundt sprechen. Er ist bei Ihnen Patient und sollte auf seinem Zimmer ein Telefon haben. Ich habe offensichtlich die falsche Nummer."

„Ich schau im Computer nach", antwortete der Mitarbeiter der Rezeption gelangweilt.

Eine gefühlte Ewigkeit später erklärte er ihr, dass Pfundt nicht mehr im Computer sei, also auch kein Telefon hätte.

„Das muss ein Fehler sein. Ich bin sicher, dass er bei ihnen liegt."

„Sind Sie eine Verwandte?"

Was soll das denn jetzt?, dachte Elke. „Nein, aber eine enge Freundin."

„Nun gut, auf welcher Station soll er denn liegen?"

„Station 5, Zimmer 512."

„Ich verbinde Sie mit der Station, vielleicht können die Ihnen weiterhelfen."

Auch diesmal musste Elke lange warten, bis sie ihr Anliegen vortragen konnte: „Ich hätte gerne mit Herrn Pfundt gesprochen. Der liegt doch bei Ihnen?"

„Lag", gab die Stationsschwester zurück.

„Ist Herrn Pfundt etwas zugestoßen?" Ein Anflug von Panik stieg in Elke auf.

„Nein, keine Sorge. Er hat die Klinik heute Morgen auf eigene Verantwortung verlassen. Ihm hat offensichtlich unser Krankenhausessen nicht geschmeckt. Mein Kollege wollte ihn zum Bleiben bewegen, doch er sagte nur, dass er etwas Wichtiges zu erledigen hätte. Irgendwas wegen der Festtage. Vielleicht können Sie sich ja ein wenig um sein Wohl kümmern."

Ein witziger Gedanke, überlegte Elke als sie auflegte.

*

Er saß in dem spanischen Hotel am Rudolfplatz und spülte ein Croissant mit Kaffee herunter.

Daun wartete auf einen jungen, aufstrebenden Maler, den er als Galerist fördern wollte, doch der Junge hatte wohl verschlafen. Er war 45 Minuten überfällig, also hatte Daun kräftig beim Buffet zugegriffen.

An diesem Morgen war er schlechter Laune. Schuld daran war ein sehr früher Anruf von von Lofte, der ihn aus dem Bett geholt hatte. Von Lofte hatte seine völlig unsinnige Bitte nach einem Vorschuss wiederholt und Daun musste ihm erneut deutlich machen, dass dies ein Ding der Unmöglichkeit sei. Insgeheim wünschte er von Lofte zum Teufel, aber Klient bleibt Klient, auch um 8 Uhr in der Früh.

Nun ließ er seinen Blick durch den Raum streifen. Und tatsächlich erkannte er ein Gesicht unter den anwesenden Gästen. Johannes Montus, den bekannten Restauranttester. Er verschlang gerade ein Brötchen mit Shrimps.

Fisch am Morgen, undenkbar für Daun. Er kannte den arroganten Schnösel von der einen oder anderen Vernissage. Aber es war grundsätzlich nicht verkehrt, sich mit solchen VIPs gut zu stellen. Und nun gab es eine ausgezeichnete Gelegenheit, ein paar persönliche Worte mit Montus zu wechseln.

Daun stand auf, schlenderte auf dem Weg zum Buffet auf Montus Tisch zu und blieb davor stehen. Dann sprach er die in aller Welt bekannte sowie unvermeidliche Begrüßungsfloskel: „Wir kennen uns doch?"

„Tatsächlich?", nuschelte Montus, ohne zu Daun aufzuschauen. Er hatte einen riesigen, noch unzerkauten Bissen seines Brötchens im Mund.

„Sie sind Johannes Montus, der berühmt-berüchtigte Tester."

Montus blickte ein wenig müde von seinem Teller auf und betrachtete Daun, wobei er sich ein Lächeln abrang. „Und mit wem habe ich das Vergnügen? Tut mir wirklich leid, ich kann mich im Moment nicht an Ihren Namen erinnern. Ist vielleicht auch noch etwas zu früh." Montus Lächeln wirkte wie eingefroren.

„Markus Daun, mein Name, Galerist. Wir haben uns auf verschiedenen Vernissagen gesehen. Darf ich mich kurz zu Ihnen setzen? Ich warte auf einen Maler, der sich gründlich verspätet. Und Sie scheinen auch mutterseelenallein zu genießen."

„Ganz recht", sagte Montus, was aber nicht als Einladung zu verstehen war.

Dennoch setzte sich Daun Montus gegenüber und gab sich kumpelhaft.

Montus Lächeln bröckelte, als Daun fortfuhr: „Mich würde ja brennend interessieren, wie Ihnen das Buffet hier schmeckt."

„Tut mir leid Herr Daun, das werden Sie erst meiner Kritik entnehmen können, die nächste Woche erscheint. Sie haben sicher Verständnis, dass ich Sie zum jetzigen Zeitpunkt nicht mit Insiderwissen ausstatten kann."

„Sie haben natürlich recht. Ich wäre im Vergleich zur Kölner Bevölkerung im Vorteil." Daun kicherte, in einer unnatürlich wirkenden, hohen Stimmlage.

„So ist es." Johannes biss in sein Brötchen.

„Wenn nämlich Ihre Besprechung gut oder sehr gut ausfällt, ist hier nächste Woche kein Platz mehr zu bekommen."

„Könnte passieren."

„Das heißt, würde ich Ihre Einschätzung schon heute kennen, könnte ich eine Woche lang unbehelligt die Qualität dieses Hauses nutzen. Der Run käme ja erst später."

„Durchaus."

„Auch die Kenntnis eines Verrisses Ihrerseits würde mich in die Lage versetzen, dieses Etablissement schon eine Woche früher als der Rest der Kölner zu meiden. So würde ich das Geld für schlechtes Essen frühzeitig für Besseres sparen können."

„Wenn Sie es so sehen."

„Aber einen kleinen Hinweis können Sie mir vielleicht doch geben. Daumen rauf oder runter? Ich würde einen Tipp sehr zu schätzen wissen. Sie wissen doch, gerade in Köln hilft man sich, bildet Netzwerke und hat dadurch viele Vorteile."

„Selbstverständlich."

Daun horchte auf.

„Nennen Sie es einen wohlgemeinten Ratschlag. Hören Sie nicht immer auf die Food-Kritiker. Versuchen Sie sich am besten eine eigene Meinung über das Essen zu bilden. Vertrauen Sie nur sich selbst. Entweder es schmeckt Ihnen oder es schmeckt Ihnen nicht!" Montus grinste Daun breit an.

*

Sie steckte bereits in ihrem Laufdress, als sie Dieter Schmitz vor ihrer Wohnungstür antraf, neurotisch angeschlagen, wie zumeist.

„Lange nicht gesehen", begrüßte Dora ihren Exfreund. „Hast du auch nicht vergessen, deinen Herd auszumachen, als du deine Wohnung verlassen hast?"

„Fuck! Du bist und bleibst ein Miststück, Dora. Du weißt doch, wie schwer es für einen Neurotiker in dieser Welt zugeht."

„Du solltest dich endlich von einem Neurologen behandeln lassen, statt ständig bei mir aufzutauchen. Ich kann dir nicht helfen, soviel ist sicher."

„Ich bin mir allerdings verdammt sicher, dass unsere Trennung diese Zustände ausgelöst hat."

„Du denkst also, ich bin die Ursache allen Übels, das dir seitdem zugestoßen ist."

„Scheiße! Genau!"

„Raus hier! Es ist alles gesagt."

„Komm schon Dora, war doch nicht so gemeint. Du weißt doch, was ich von diesen Psychologen halte."

„Nichts."

„Exakt. Ich versuche in dieser beschissenen Welt alleine damit klarzukommen. Nur ein bisschen Toleranz deinerseits wäre nett."

„Na, schauen wir mal. Was führt dich denn zu mir?"

„Theodor Franz."

„Und?"

„Er ist tot, und ich weiß genau, dass du ihn kanntest. Du hast mir von ihm erzählt. War wohl ein Freund von deinem Lover."

„Du schon wieder. Willst du etwa über diesen Fall schreiben?" Kost schüttelt ungläubig den Kopf.

„Die nötige Erfahrung dafür habe ich garantiert, nach dem letzten Mal."

„Soweit ich mich erinnere, hast du damals in Duino friedlich geschlafen, während Johannes und ich den Fall aufgeklärt haben."

„Sehr witzig. Mein Artikel über diesen Mordfall war super und ein Scheiß-Erfolg."

„Auch ein blindes Huhn…"

„Auf jeden Fall hat mich der Redakteur gebeten, mich auch dieser Sache anzunehmen. Und ob du es willst oder nicht, passt doch prima! Ist offensichtlich Schicksal. Du hast mich jetzt am Hals. Also dann schieß mal los. Wie war Theodor Franz so als Mensch? Und wer hat ihn umgebracht?"

„War nicht gerade die Rede von Toleranz? In deinen Augen bedeutet Toleranz eindeutig die Möglichkeit, anderen Mitmenschen auf die Nerven gehen zu dürfen."

*

Trotz hämmernder Kopfschmerzen verließ er das Krankenhaus auf eigenen Wunsch. Diese Krankmachhäuser, wie er sie nannte, waren nichts für einen Mann wie ihn. Sein Körper war schließlich eine Maschine, die jederzeit zu funktionieren hatte.

Pfundt war wieder zu Hause und telefonierte mit seinem Delikatesslieferanten. Schließlich wollte er noch ein Essen für seine Freunde geben.

Während er mit dem Chef des Hauses die Speisefolge besprach, ergänzte er diese im Kopf mit den korrespondierenden Weinen. Jetzt musste er nur noch einen Termin festlegen, an dem das Ganze steigen sollte.

Er beendete das Gespräch gerade, da rief Elke an: „Hallo Kai, was macht dein Kopf? Man hört ja die wildesten Geschichten über dich. Wieso bist du nicht im Krankenhaus geblieben? Wäre doch sicher die bessere Entscheidung gewesen."

„Na, das sind ja mal eine Menge Fragen auf einmal. Also, um es kurz zu machen, mir geht es gut, mit Ausnahme von leichten Kopfschmerzen. Du brauchst dir somit keinerlei Sorgen zu machen."

„Schön zu hören, schon der alten Zeiten wegen. Du erinnerst dich doch noch, trotz des Schlages auf den Kopf?"

Pfundt konnte sich natürlich noch Elkes traumhaften Körperbaus entsinnen. Er hatte jede Minute mit ihr genossen, daran änderten auch seine Gewissensbisse gegenüber Theo nichts.

„Und wegen der alten Zeiten rufst du mich jetzt an oder steckt da mehr dahinter?"

„Es ist die ehrliche Sorge um einen alten Freund. Mehr solltest du hier nicht hineininterpretieren."

„Du nennst mich also immer noch deinen Freund. Das freut mich aber."

„Nimm es nur nicht zu wörtlich. Ich möchte nicht, dass du neben dem körperlichen Schaden, den du erlitten hast, noch einen emotionalen hinzubekommst."

„Keine Sorge, mit unserer Beziehung habe ich endgültig abgeschlossen."

„Ausgezeichnet! Du orientierst dich ja offensichtlich nun in Richtung Brünette?"

„Du meinst wohl Dora?"

„Sie gefällt dir."

„Das schon, aber sie ist mit Johannes liiert und ich kann ja wohl nicht noch einem Freund die Freundin ausspannen. Manche Dinge sollte man nicht wiederholen."

„Olala, der Mann an sich ist doch lernfähig."

„Sieht so aus. Angesichts dieser Erkenntnis könntest du also bedenkenlos eine Einladung zum Kaffee annehmen."

„Langsam, langsam. Ich werde es mir überlegen."

„Dann überleg mal schön und ruf mich wieder an, wenn du eine Entscheidung getroffen hast." Pfundt legte auf.

Zwanzig Sekunden später läutete das Telefon erneut. *Das ging ja schnell*, dachte Pfundt. „Hast es dir aber sehr zügig überlegt, Elke, kannst meinem unglaublichen Charme also doch nicht widerstehen?"

Eine kurze Pause trat ein, in der die Leitung stumm blieb. Dann sagte eine eindeutig männliche Stimme: „Pfundt, reden Sie keinen Müll! Hier ist Stefan Tau, Sie erinnern sich bestimmt. Sie haben schließlich mein Leben zerstört. Wir müssen uns treffen. Es ist in Ihrem Interesse, glauben Sie mir."

*

Statt ihrem Lauftraining nachzugehen, fuhr sie mit Schmitz zu Krawalds Weinhandel.

Kost hatte den Journalisten auf ihren Erkenntnisstand gebracht, woraufhin er sie dazu gedrängt hatte, sofort zu dem Weinhändler zu fahren, um ihn zu befragen. Sie war viel zu gutmütig. Weihnachten würde somit gewichtsmäßig ein Fiasko werden.

Sie betraten das Geschäft. Kost kannte nicht viele Weinläden von innen. Beruflich wie privat hatte sie damit bisher wenig am Hut gehabt. Johannes hatte sie vor Kurzem einmal zu einem Geschäft in der Nähe ihrer Wohnung mitgenommen. Er wollte, wie er sich ausdrückte, ein paar „nette" Weine für Kosts zu Hause erstehen. Und da der Refrather Weinladen auch noch von einem gewissen Herrn Zeuge betrieben wurde, hielt Johannes es für eine ‚brillante' Idee, die Kommissarin mitzunehmen.

Der Refrather Laden war rappelvoll gewesen, der Raum, in dem sie nun standen, kam Kost dagegen wie ein überbuchter Flaschenfriedhof vor. Bouteillen so weit das Auge reichte. Kein lebendiges Wesen, sprich Kunde, war weit und breit zu sehen. Nur der Friedhofswärter war anwesend. Er strich zärtlich über eine Magnumflasche Rotwein. Das musste Krawald sein.

„Herr Krawald, nehme ich an?", fragte Kost.

Krawald war anzusehen, dass er sich nur mühevoll von seiner Beschäftigung abwenden konnte. „Sehr erfreut, was kann ich für Sie tun?"

„Wir sind Freunde von Herrn Theodor Franz. Sie haben sicher gehört, dass er verstorben ist." Damit fiel Dora Kost gleich doppelt mit der Tür ins Haus. Die Verwirrung des Überraschungsmoments blieb nicht aus.

„Mein Gott, nein! Habe ich nicht. Was ist passiert?"

„Er wurde gekillt", warf Schmitz mit gewohnter Eleganz ein und erntete einen ungehaltenen Blick von seiner Begleiterin.

„Wie furchtbar!" Krawalds Bestürzung wirkte echt.

„Er war doch ein guter Kunde von Ihnen?", fuhr Kost fort.

„In der Tat. Herr Franz war ein begnadeter Weinkenner und wir haben zusammen das ein oder andere Geschäft gemacht. Was, um Himmels willen, ist passiert?"

„Er wurde erschlagen", antwortete Kost.

„Schade. Er war ein guter Kunde."

„Also gehe ich recht in der Annahme, dass Herr Franz große Mengen Wein bei Ihnen erworben hat?"

„Das ist richtig. Er hat seine Burgunderbestände bei mir aufgefüllt. Sie müssen wissen, ich bin ein großer Liebhaber dieser französischen Gewächse."

„Das haben wir schon gehört. Wir haben auch erfahren, dass es schon mal Streit zwischen Ihnen und Herr Franz gab, wenn es um den Preis ging."

Krawalds Blick wurde misstrauisch, dennoch antwortete er: „Herr Franz war ein harter Verhandlungspartner. Da haben Sie ganz recht. Als Händler ist man da einiges gewohnt. Wir sind uns allerdings immer einig geworden."

„Mit anderen Worten", meldete sich jetzt wieder Schmitz, „Sie hatten keinen Grund ihn um die Ecke zu bringen?" Wieder schaute Kost ihn scharf an.

„Um Gottes willen, nein! Er war einer meiner besten Stammkunden. Wieso sollte ich ihn töten?"

„Vielleicht, weil Sie sich bei einem Geschäft nicht einig wurden oder weil er eine Rechnung schuldig geblieben ist." Kost sah sich nach Schmitz Vorstoß gezwungen, den eingeschlagenen Weg weiter zu beschreiten.

„Jetzt hören Sie aber einmal. Wer gibt Ihnen eigentlich das Recht, mir gegenüber solche Unterstellungen zu äußern? Das ist äußerst unhöflich."

„Tut mit leid, Herr Krawald. Ich sollte mich vielleicht einmal vorstellen. Mein Name ist Dorothea Kost, wie Trennkost, und ich arbeite für die Kripo Köln. Hier ist mein Ausweis."

„Ich dachte, Sie sind Freunde von Herrn Franz?"

„Das sind wir auch. Wir haben ein sehr persönliches Interesse an dem Fall. Es gibt also keine offenen Rechnungen mit Herrn Franz?"

„Absolut nicht. Er war ein schwieriger Verhandlungspartner, wir kamen aber sehr gut miteinander klar."

„Sehr schön. Hatte Herr Franz denn mit anderen Weinlieferanten oder anderen Weinliebhabern Probleme? Haben Sie ihn beispielsweise mit weiteren Experten zusammengebracht, mit denen er dann in Streit geriet?"

„Ich habe ihn von Zeit zu Zeit mit Winzern aus dem Burgund bekannt gemacht, die mich in meinem Geschäft besucht haben. Wir haben zusammen gefachsimpelt, wie es Kenner halt gerne tun. Dann wurde aber höchstens über den Ausbau und die Geschmacksrichtung eines Weins diskutiert. Wirklich nie etwas Ernstes."

„Sie können sich also nicht vorstellen, wer etwas gegen ihn hatte?", bohrte Kost weiter.

„Ganz und gar nicht. Das ist doch absurd. Weintrinker sind überaus friedliebende Menschen. Die bringen keine Leute um."

„Wenn Sie da mal nicht falsch liegen", murmelte Schmitz.

„Na hören Sie mal! Bitte keine haltlosen Unterstellungen."

„Es gibt also unter Ihren Kunden keinen, dem Sie so etwas zutrauen würden?", insistierte Kost.

„Überhaupt nicht!"

„Überlegen Sie bitte noch einmal genau. Lassen Sie sich Zeit. Wir wollen sicher nicht, dass Sie einen Ihrer Kunden anschwärzen."

Kost versuchte Krawald zu besänftigen. „Aber komische Kauze wird es doch auch unter Ihren Käufern geben. Vielleicht ist Ihnen ja jemand besonders ins Auge gestochen."

Krawald runzelte die Stirn. „Na ja, letztens war da so ein Mann, der sich merkwürdig verhalten hat, fragte zunächst nach einem relativ einfachen Wein für Weihnachten, um sich dann am Ende nach einem sehr speziellen, eher raren Burgunder zu erkundigen."

„Was für ein Burgunder war das?"

„Ein Grands-Echézeaux von 1988. Ich hatte diesen Wein allerdings zu der Zeit nicht in meinem Keller. Das sagte ich diesem Mann auch."

„Wie reagierte er?"

„Er verließ fluchtartig mein Geschäft."

„Kennen Sie seinen Namen?"

„Das ist eine witzige Geschichte. Er hatte sich nicht vorgestellt, aber ich habe ihn auf der Weinmesse in Düsseldorf wiedergetroffen. Wie Zufälle so spielen. Bei der Gelegenheit sagte er mir, dass er Johannes heiße."

Kost horchte auf. „Und der Nachname?"

„Hat er mir verschwiegen. Er schlug vor, dass wir uns duzen. Das machen Gleichgesinnte in Wein schon mal so."

„Mist!", entfuhr es Kost und Schmitz fast gleichzeitig. Da fiel Kost etwas ein. Sie holte ihre Geldbörse aus der Jackentasche, entnahm ein Bild von ihrem Johannes und zeigte es Krawald. „War es vielleicht dieser Mann auf dem Foto, den Sie in Düsseldorf getroffen haben?"

Krawald betrachtete lange und eingehend die Fotografie und reichte sie schließlich Kost zurück. „Ich würde sagen, nein, der sah irgendwie älter aus. Aber ich muss gestehen, ich habe kein gutes Gedächtnis für Gesichter. Wer ist dieser Herr auf dem Bild, wenn ich fragen darf?"

„Das ist Johannes Montus, der Restauranttester. Das Bild ist schon einige Jahre alt. Es wundert mich allerdings ein wenig, dass Sie ihn nicht erkannt haben. Er ist unter den Gourmets der Stadt recht bekannt."

„Tut mir leid, der Name Montus sagt mir natürlich etwas. Aber ich habe ihn nie persönlich kennengelernt und habe auch noch nie, soweit ich mich daran entsinne, ein Bild von ihm gesehen."

„Interessant. Vielleicht stelle ich ihn Ihnen einmal vor. Ich kenne Herrn Montus näher", sagte Kost. „Das wäre zunächst alles. Wir melden uns sicher noch einmal bei Ihnen."

„Kein Problem. Ich hoffe, ich konnte Sie davon überzeugen, dass ich mit dem Mord an Herrn Franz rein gar nichts zu tun habe."

„Das wird die Zukunft zeigen", entgegnete Kost.

„Warten Sie", sagte der Weinhändler. „Wenn Sie Herrn Montus kennen, hätte ich vielleicht etwas für Sie. Es sind gerade ein paar Flaschen Gravner hereingekommen, Breg Amphora. Neben den Chardonnays aus Burgund der beste Weißwein, den ich kenne. Und das zu einem großartigen Preis."

Krawald ist offensichtlich nicht nur eigen, er ist auch ein engagierter Verkäufer, dachte Kost.

Sie sah, wie Schmitz das Geschäft verlassen wollte, doch sie selbst rührte sich nicht von der Stelle.

Stattdessen fragte sie: „Ist das dieser berühmte Wein aus dem Friaul?"

„Ganz recht. Sie kennen sich aus. Sehr schwer dranzukommen. Ein tolles Gewächs."

„Herr Montus hat mir davon erzählt. Der Winzer ist genauso Winzer wie Philosoph. Ein bisschen durchgeknallt soll er auch sein."

„Nehmen Sie eine Flasche mit und Sie werden staunen." Krawald war jetzt in seinem Element.

„Was soll die Flasche denn kosten?“

„Ich lasse sie Ihnen für 65 Euro.“

Kost schluckte, sagte aber zu ihrem eigenen Erstaunen: „Packen Sie mir bitte eine Flasche als Weihnachtsgeschenk ein.“

*

Er saß in seiner Wohnung und schrieb den Artikel über das Frühstück im spanischen Hotel, das er vor zweieinhalb Stunden verlassen hatte. Er wollte diese Pflichtaufgabe hinter sich bringen. Frühstück war nicht seine bevorzugte Mahlzeit.

Den ersten Absatz hatte er gerade fertiggestellt, als sein Handy Laut gab. Als er sah, dass es Dora war, ging er ran.

Ohne große Begrüßungsfloskel legte seine Freundin los: „Warst du letztens nicht auf dieser Weinmesse in Düsseldorf?“

„Klar, solche Veranstaltungen kann sich jemand wie ich nicht entgehen lassen. Wieso fragst du?“

„Hast du bei der Gelegenheit auch neue Leute kennengelernt?“

Er bemerkte, dass Dora gar nicht auf seinen Einwurf einging. Hier fragte nicht seine Freundin Dora, sondern die Polizistin Kost.

„Den ein oder anderen Winzer, Kollegen meiner Zunft und so weiter. Man geht dorthin, um zu sehen und gesehen zu werden.“

„Hast du bei dieser Gelegenheit auch den Kölner Weinhändler Torwald Krawald kennengelernt?“

„Nicht, dass ich wüsste. Weshalb?“, fragte Johannes nochmals.

Nun berichtete Dora von dem Gespräch mit Krawald und ihrer Verunsicherung, Johannes Person betreffend.

Johannes war nicht begeistert. „Dora, ich glaube, der Krawald hat da einen anderen Johannes kennengelernt. Es soll ja, meines

Wissens, mehrere Männer dieses Namens geben. Lass uns heute Abend essen gehen und ich erzähle dir genau, was ich in Düsseldorf erlebt habe, wenn es dich so brennend interessiert. Wir müssen ja unbedingt noch den Kulinarischen Treffpunkt in Refrath testen. Der Akisik wird noch unruhig, wenn ich nicht bald etwas über ihn schreibe."

„Johannes, mir ist eigentlich nicht so recht nach Dinner zumute. Vielleicht ist es besser, wenn wir das nochmal verschieben. Tut mir leid", erwiderte Dora ohne hörbare Reue.

„Lange aufschieben kann ich es aber nicht mehr. Zur Not muss ich allein hin."

„Verstehe, vielleicht morgen, okay?"

„Gut, ich nehme dich beim Wort."

„Halt, noch eine kurze Frage an den Experten. Kennst du den Wein, Grands-Echézeaux, Jahrgang 1988?"

„Klar, schöner Wein."

„Hatte Theo so was im Keller?"

„Nicht dass ich wüsste, aber Theos Weinbestand war groß. Er hat zumindest nie von dem Wein gesprochen."

„Hast du ihn mal probiert?"

„Wenn ich mich recht entsinne, im Rahmen einer Weinprobe des Plonk-Clubs. War aber vor deiner Zeit."

„Und wer hatte die Flasche mitgebracht?"

„Oh, habe ich vergessen."

„Könnte es nicht sein, dass Theo den Wein besorgt hat?"

„Das ist denkbar. Er kannte sich mit Burgundern wirklich gut aus."

„Also vielleicht doch aus seinem Keller?"

„Dora, worauf willst du hinaus? Was soll die ganze Fragerei?"

„Kann ich noch nicht sagen. War nur so 'ne Eingebung. Ich folge meiner Intuition, ohne dass schon eine genaue Richtung feststeht.

Vielleicht aber hängt Theos Tod mit dieser Flasche zusammen."

„Na toll. Erzähl mir das später, ich muss jetzt arbeiten. Wir telefonieren nochmal, in Ordnung?"

Montus beendete das Gespräch. Er schaute auf seine Notizen. Er konnte sie kaum entziffern. Was hatte er da geschrieben? Brauchte er etwa eine Lesebrille? *Mein Leben,* dachte er, *war zurzeit wie das Frühstück an diesem Morgen: Einfach zuviel davon, um sich auf eine Fortsetzung zum Lunch oder Dinner zu freuen.*

*

Der Tod ist der Spiegel Gottes und das Sterben der Verlust des Selbstbildnisses einer Person.

Dieser bescheuerte Tau versuchte doch tatsächlich, ihn zu erpressen. Ihn, der bislang der absolute Herr seines eigenen Lebens war.

Tau rief ihn zu Hause an - woher hatte er seine Nummer - und machte mit ihm ein Treffen aus.

Dieser Penner hatte ihn vorletzte Nacht beobachtet und dabei eigene Schlüsse gezogen, die er nun zu Geld machen wollte.

Doch nicht mit ihm.

Er ließ sich auf Taus Treffpunkt ein. Das oberste Deck des Parkhauses von Karstadt in der Innenstadt.

Sein Plan war, erst einmal die Lage zu checken. Dann würde er entscheiden, was zu tun war.

Tau wollte 20.000 Euro Schweigegeld. Er hatte lediglich 200 in seiner Brieftasche.

Sie verabredeten sich für 19:30 Uhr.

Er ließ sich jedoch viel Zeit und erreichte das Parkdeck zu Fuß über das Treppenhaus um 19:50 Uhr. Die Ebene war fast leer, da das Parkhaus in Kürze schließen würde. Am äußersten Rand parkte ein roter Renault, dessen Auspuff qualmte und an dem ein abgerissener Typ lehnte. Das war Tau, es bestand kein Zweifel.

Er ging auf den Mann zu, lächelte und schaute sich um. Sie waren die einzigen Personen hier. Tau gab ihm mit einem Kopfnicken zu verstehen, dass er ihn bemerkt hatte.

Er näherte sich dem Erpresser. Die aktuelle Situation schien perfekt. Nur der Mutige, der alles riskiert, wird am Ende erfolgreich sein.

Er verbarg das ausgeklappte, überaus handliche Laguiole-Kellnermesser in seiner Handinnenfläche.

Als er Tau erreichte, lächelte er immer noch, sagte aber kein Wort, sondern stieß ihm das Messer, das eigentlich zum Entfernen der Kapseln an Weinflaschen gedacht war, blitzschnell in den Hals. Die rasiermesserscharfe Klinge drang problemlos in Taus Kehlkopf ein. Der riss die Augen auf und taumelte gegen den Renault. Bevor er zu Boden ging, fing er ihn auf. Dabei zog er die kurze Klinge wieder heraus, setzte erneut an der Kehle an und schlitzte sie kurzerhand auf. Das Blut sprudelte aus dem Clochard heraus, wie der Rotwein aus einem Barrique-Fass, bei dem man den Stopfen entfernt hat.

Er ließ Tau los. Nun lag dieser im eigenen Lebenssaft und im selbstverschuldeten Sterben.

Ein letzter kurzer Blick, dann setzte er sich in Taus Renault, dessen Motor immer noch lief. Die Benzinanzeige stand auf Reserve, aber es würde reichen. Er blickte an sich herab. Er war voller Blut. Das machte ihm nichts aus, doch er musste es loswerden.

Weiterhin war nirgends eine Seele zu sehen. Er wunderte sich nicht über sein Glück. Noch ein Wunder zu Weihnachten.

*

23:30 Uhr. Sie konnte nicht schlafen.

Sie hatte mit Dieter in ihrer Wohnung gesessen und die Fakten des Falls diskutiert.

Irgendetwas passte nicht zusammen. Sowohl Krawalds Aussage als auch Johannes Beteuerungen versetzten Kost in Unruhe.

Der Mord an Theo und das Attentat auf Kai standen in der einen oder anderen Weise in Verbindung mit dem Weinclub, mit teurem Wein und extremistischen Weinliebhabern.

Damit war der Kreis der Verdächtigen groß: der gesamte Plonk-Club, Krawald oder ein anderer Weinverrückter.

Doch durfte sie als gute Ermittlerin nicht außer acht lassen, dass Theos Tätigkeit als Anlageberater auch eine Rolle spielen und Theos Tod gar nichts mit dem Anschlag auf Kai zu tun haben könnte. Aber ihr Gefühl sagte, dass der Weinclub der Schlüssel sein musste. Was wiederum bedeutete, dass auch Johannes in die Sache verwickelt war, so oder so.

Morgen würde sie Bettina anrufen, um zu erfahren, was die Spurensicherung in beiden Fällen ergeben hatte. Vielleicht eröffneten sich ja neue Aspekte. Sie hoffte, dass Bettina diesmal aufgeschlossener sein würde als beim letzten Mal. Kost benötigte dringend zusätzliche Fakten. Möglicherweise war Johannes in großer Gefahr, die es durch sie abzuwenden galt.

Sie nippte an dem Glas Lauer-Riesling, Fass zwei aus 2015 und beschloss weiterzugrübeln.

FORTSCHRITTE IM KLEINEN

„Wir haben einen weiteren Toten." Bettina war immens in Fahrt. „Und deshalb habe ich keine Muße mit dir zu sprechen, liebe Kollegin."

„Komm schon, sei nicht so. Du weißt doch, in Köln kennt und hilft man sich", sagte Dora.

„Kurzer Hinweis, du lebst nicht in Köln!"

„Ich arbeite aber dort."

„Zurzeit eher nicht."

„Lass den Blödsinn. Handelt es sich bei dem Toten um einen weiteren Weintrinker?"

„Das denke ich schon. Allerdings neigte der Herr eher zu Großflaschen, deren Inhalt nicht immer mit Bestimmtheit als Wein identifiziert werden kann."

„Was heißt das denn schon wieder?"

„Der Tote ist ein stadtbekannter Pennbruder. Stefan Tau. Ihm wurde die Kehle aufgeschlitzt, und da du weiterhin auf krank machst, muss ich diesen Fall auch noch übernehmen."

„Sorry! Und das meine ich ehrlich. Ich entnehme deinem Unmut aber, dass du nicht an einen Zusammenhang zwischen den Morden an Franz und Tau glaubst."

„Ich wüsste nicht, was die gemeinsam haben sollten. Allerdings stehen wir in unserer Ermittlungsarbeit noch ganz am Anfang."

„Aber nur was Tau betrifft. Was gibt es Neues in den anderen beiden Sachen?"

„Dora, du treibst mich wirklich in den Wahnsinn. Auch damit hast du rein gar nichts zu tun."

„Mit der Ausnahme, dass ich die Opfer kenne."

Bettina räusperte sich. „Na schön, damit die liebe Seele Ruh hat. Die Spurensicherung hat noch keine nennenswerten Ergebnisse erbracht. Zumindest keine, über die es sich zu reden lohnt."

„Und du verscheißerst mich nicht?"

„Würde ich doch nie. Und ich wünschte, du würdest mir das auch nicht zutrauen."

„Selbstredend!"

„Sehr schön. Ganz ehrlich, wir haben noch keine verwertbaren Hinweise."

„Und was vermutet ihr, was das Motiv betrifft?"

„Schwierig. Da nichts entwendet wurde, könnte es sich um einen Racheakt handeln. Nach dem Motto: unzufriedener Investor reagiert sich an seinem Anlageberater ab. Die Flasche Wein, als eine vom Täter wohl eher zufällig gewählte Mordwaffe, unterstützt diese These. Wir gehen gerade Franz Kundenkartei durch und werden jeden Einzelnen befragen. Übrigens, dein Bekannter von Lofte gehört auch zu diesem Kreis."

„Ist mir bekannt."

„Du verkehrst, das muss ich dir an dieser Stelle mal sagen, in dubiosen Kreisen."

„Wieso? Habt ihr etwas gegen Maximilian in der Hand?"

„Das nicht. Die Kollegen haben jedoch bei einer routinemäßigen Überprüfung seiner Finanzen festgestellt, dass der Herr Künstler wirtschaftlich auf dem Zahnfleisch geht. Die Finanzkrise hat auch ihn nicht ungeschoren davonkommen lassen."

„Was heißt das genau?“

„Er hat hohe Ausgaben, aber keinerlei Einnahmen. Mit anderen Worten: Er ist verschuldet und hat mit den Spekulationen, die ihm Franz empfohlen hat, auch noch Verluste gemacht. Sag mal ehrlich, welchen Eindruck macht von Lofte auf dich? Verhält er sich auffällig, ist er nervös oder unruhig? Du siehst ihn doch öfters.“

„Ich denke, du gehst hier einer falschen Spur nach. Das einzige, was Maximilian zurzeit nervös machen sollte, ist die Tatsache, dass er noch kein Weihnachtsgeschenk für seine Freundin Paula hat.“

„Und ich denke, dass er ihr wohl oder übel etwas basteln muss.“

*

Unschlüssig stand sie vor einer Auswahl schwarzer Kleider in einem Kaufhaus in der Schildergasse.

Das Geschäft befand sich in dem sogenannten Weltstadthaus, das eine kühne Architektur auszeichnete und um das es viele Diskussionen im Zusammenhang mit dem Bau gegeben hatte.

„Unschlüssig?“

Elke, aus ihren Gedanken gerissen, drehte sich erschrocken herum.

„Kann ich dir irgendwie behilflich sein?“ Bernd stand vor ihr und lächelte sie breit an.

„Sag mal, verfolgst du mich? Was machst du hier?“

„Ich vermute, Ähnliches wie du. Ich wollte mir eine schwarze Krawatte für die Bestattung kaufen. Ich besitze nämlich keine.“

„In der Damenabteilung für Kleider wirst du aber sicher nicht fündig werden.“ Elke lächelte breit zurück.

„Richtig. Ich sah dich, wie du die Rolltreppe nahmst und dachte, vielleicht könnte ich dir beratend zur Seite stehen.“

„Sehr hilfsbereit, Bernd. Aber das schaffe ich auch allein."

„Stimmt. Du bist ja schon ein großes Mädchen." Bernd grinste über beide Ohren.

Elke ignorierte seinen dämlichen Spruch und wechselte das Thema. „Hast du das von Kai gehört? Komische Sache, oder?"

„Da war bestimmt einer seiner Häuslebauer sauer, weil das von Kai entworfene Konstrukt eingestürzt ist."

„Mach keine Witze. Kai hat ganz schön was auf die Mütze gekriegt."

„Tschuldigung. Es geht ihm aber gut, ich habe vor einer Stunde mit ihm telefoniert."

„Der Trottel wollte nicht im Krankenhaus bleiben."

„Mach dir keine Sorgen, der ist hart im Nehmen. Ich kenne ihn, sein Schädel besteht nicht aus Knochen, sondern aus Stahlbeton. Hoffentlich sind wir nicht die Nächsten."

„Wie meinst du denn das?" Elke betastete einen Kleiderärmel. *Ob das echte Baumwolle ist,* dachte sie.

„Es scheint sich um einen Serientäter zu handeln, der Genießer umhaut. Und Genießer sind wir doch alle, Theo, Kai, Johannes, Dora und ich, selbst Maximilian, den Johannes angeschleppt hat."

„Meinst du?" Die Skepsis in Elkes Stimme war unverkennbar.

„Na ja, vielleicht liege ich falsch. Zur Sicherheit solltest du ein wenig auf mich achtgeben. Du willst mich doch nicht indirekt auf dem Gewissen haben, weil du jetzt keinen Kaffee mit mir trinken gehst und mich der Killer auf meinem einsamen Heimweg abmurkst."

„Du brauchst also Begleitschutz. Und du glaubst tatsächlich, ich sei die Richtige dafür?"

„Absolut! Komm, wir suchen dir jetzt was zum Anziehen und eine Krawatte für mich und dann setzen wir uns ins Café Eigel, da gibt es eine wunderbare Pilztorte."

*

Die Biopsie war gemacht und sie verließ die Klinik. In zwei oder drei Tagen würde sie die Ergebnisse bekommen.

In Kosts Innerem machten sich Leere und gleichzeitig Ernüchterung breit. Sie verspürte das Bedürfnis, mit jemandem zu reden. Paula oder Johannes? Das war hier die Frage.

Paula war sicher mit Weihnachtseinkäufen beschäftigt und dabei durfte man sie auf keinen Fall, auch nicht telefonisch, stören. Also würde sie zu Johannes fahren. Ein ernstes Gespräch war ohnehin überfällig.

Sie nahm die Straßenbahn zum Ebertplatz und begab sich zu dem Haus, in dem ihr Freund ‚residierte', wie Kost sich zu seinem Unmut immer ausdrückte. Er war zu Hause, hatte wohl ein Mittagsschläfchen gehalten und gähnte Kost zur Begrüßung ausgiebig an.

„Habe ich dich geweckt?" Dora tat zerknirscht, als sie Johannes Wohnung, zusammen mit einem flüchtigen Wangenkuss und einem Hauch von Davidoffs Eau de Toilette Adventure, betrat.

„Ist gestern später geworden, als ich dachte, deshalb hatte ich mich kurz hingelegt. Was verschafft mir das Vergnügen?"

„Hatte nichts Besseres vor."

„Das ist auch mal eine Antwort." Johannes zog eine beleidigte Miene.

„Verzeihung. Ich stehe etwas neben mir." Das wäre der geeignete Moment, über die Biopsie zu sprechen, aber sie tat es nicht. Sie wusste nicht, warum.

„Okay", sagte Johannes. „Wie wäre es mit einem Glas Champagner zur Aufmunterung?"

„Ein Kaffee würde es auch tun."

„Setz dich aufs Sofa, ich mache dir schnell einen Espresso." Johannes verschwand in der Küche, um an seiner ultrateuren, neuen Espressomaschine zu experimentieren. Dora wusste, dass er den Dreh noch nicht ganz raus hatte. Die Bedienungsanleitung umfasste allerdings auch biblische Ausmaße.

Trotzdem stand er fünf Minuten später mit einer offensichtlich heißen Tasse Kaffee vor ihr.

„Du hast diesen Höllenapparat wohl endlich im Griff?" Der Kaffee schmeckte hervorragend.

„Kann man so sagen. Hat auch lange genug gedauert. Jetzt macht es richtig Spaß, spitzenmäßigen Kaffee, Cappuccino oder Espresso zuzubereiten."

„Schwarz und stark, wie ich ihn liebe." Dora seufzte.

„Dann hoffe ich, dass es dir jetzt besser geht?"

„Auf jeden Fall."

„Und wie geht es dir sonst?" Johannes saß neben ihr und streichelte ihre Wange, etwas das sie nicht mochte. Sie schob seine Hand weg. „Mir gehen zurzeit einige Dinge durch den Kopf."

„Welche, wenn ich fragen darf?"

„Das fängt damit an, wie wir Weihnachten am besten verbringen sollten. Ich wäre zum Beispiel, das weißt du, gerne mit dir allein."

„Und was noch?"

„Dann die Sache mit Theo und mit Kai. Da ist etwas unglaublich faul."

„Darum werden sich doch deine Kollegen kümmern. Deshalb solltest du keine unruhigen Nächte haben."

Warum spielt Johannes den Einfühlsamen?, fragte sich Dora und fuhr fort: „Ich werde den Eindruck nicht los, dass du in die Angelegenheit verwickelt bist. Hast du mir etwas zu sagen?"

„Jetzt mach mal einen Punkt, Dora. Du siehst Gespenster. Und ich hoffe sehr, dass du nicht schon wieder glaubst, ich könnte zu einem Mord fähig sein. Das hatten wir schon."

„Johannes reloaded sozusagen." Dora versuchte zu lächeln, obwohl ihr ganz und gar nicht danach zumute war. Zumal ihre Brust von der Untersuchung schmerzte.

„Beim letzten Mal war ich doch eher ein Opfer als der Täter. Ich bitte das zu berücksichtigen."

„Du hast natürlich recht. Dennoch, in deinem Plonk-Club geht es nicht mit rechten Dingen zu."

„Meine Liebe, ich kann das nicht mehr hören. Du verrennst dich da in etwas. Das wird bei dir zu einer fixen Idee."

„Kann sein, kann aber auch nicht sein. Ihr seid doch alle Burgunderliebhaber, oder nicht?"

„Die einen mehr, die anderen weniger. Jeder hat so seine Vorlieben. Theo war allerdings der absoluteste Burgunderfan von uns allen."

„Du magst diesen Wein aber auch?"

„Natürlich. So wie abertausende andere Weinliebhaber auch. In Frankreich gibt es fantastische Gewächse."

„Zum Beispiel?"

"Romanee Conti ist legendär. Ein Monument von einem Wein."

„Besitzt du was davon?"

„Eine Flasche La Tache und eine Flasche von dem Erstwein. Insbesondere auf diese Flasche bin ich sehr stolz, extrem schwer dranzukommen."

„Kann ich die mal sehen?"

„Jetzt ist Schluss, diese edlen Kredenzen werden nicht einen Millimeter bewegt, bevor sie nicht getrunken werden. Ehrlich gesagt glaube ich, dass dir die bevorstehenden Weihnachtstage mental schwer zu schaffen machen. Deshalb mache ich dir jetzt einen Vorschlag. Wenn dir so viel daran liegt, werden wir die drei entscheidenden Tage alleine in deiner oder meiner Wohnung verleben. Ich koche etwas Schönes und wir lassen es uns gut gehen.

Kein anderer Mensch wird unsere Zweisamkeit stören. Na, wie hört sich das an?“

„Nicht übel, aber ich habe mit dir nicht über diesen Mordfall gesprochen, um zu erreichen, dass du mir bezüglich des Weihnachtsfests Zugeständnisse machst.“

„Das ist mir klar. Doch du musst unbedingt auf andere Gedanken kommen. Ich habe da eine prima Idee. Lass uns spontan ne Runde Kuscheln gehen. Das Bett habe ich schon vorgewärmt.“

„Das ist nicht dein Ernst?“

„Klar doch, nutzen wir die Gelegenheit.“

„Ihr Männer, immer nur dieselbe, eine Sache im Kopf.“

„Das nennt man fokussiertes Handeln. Frauen können so was nicht.“ Er nahm sie bei der Hand.

Dora wollte schon widersprechen, dachte an das Pflaster auf ihrer Brust und die Stiche in derselben, aber stattdessen folgte sie Johannes ins Schlafzimmer.

Während sie sich von ihm den Pullover über den Kopf ziehen ließ, den BH und ihr Top zu seinem Erstaunen allerdings anbehalten wollte, dachte sie, dass sie mit Johannes wieder nicht über die Biopsie sprechen würde. Stattdessen bat sie ihn, ihre Brust heute ausnahmsweise nicht in das Liebesspiel mit einzubeziehen.

*

Bettina Stammfeld fiel aus allen Wolken, als sie erfuhr, dass Pfundt Taus Vermieter gewesen war.

Ihre Kollegen, die sie mit dem Fall des Obdachlosen betraute, durchleuchteten in Windeseile seine Vergangenheit und waren auf dieses kleine, aber feine Detail gestoßen.

Das konnte doch nicht wahr sein: Pfundt bekam was auf die Birne und Tau eine zweite Luftröhre verpasst. Das war kein Zufall.

Sie rief Kost auf dem Handy an, um diese Neuigkeit zu besprechen. Kost kannte Franz und verkehrte mit Pfundt, sie musste etwas wissen.

„Störe ich?“, fragte Stammfeld, als Kost endlich dranging.

„Sind gerade fertig.“ Kost klang irgendwie zerknautscht. Das entging der Kommissarin nicht.

„Womit?“, fragte sie.

„Nicht so wichtig. Habt ihr was Neues über den Mord rausbekommen, oder warum rufst du an?“ Kosts Stimme wurde verständlicher.

„Ich mache es kurz. Es gibt eine Verbindung zwischen deinem Freund Pfundt und dem toten Clochard.“

„Diesem, wie hieß er doch gleich… Tau?“

„Richtig.“ Stammfeld erzählte Kost, was ihre Kollegen in Erfahrung gebracht hatten. Dann fragte sie: „Wusstest du das etwa und hast es vor mir verheimlicht?“

„Bettina, du kennst mich, so was würde ich nie tun. Ich kenne Kai inzwischen recht gut, aber an wen er vor Jahren seine Wohnungen vermietet hat, ist mir natürlich nicht bekannt.“

„Das klingt einleuchtend.“

„Selbstredend.“

„Sorry. Ich war einfach zu überrascht, angesichts der Tatsache, dass der Mord an Tau und der Anschlag auf Pfundt irgendwelche Verbindungen untereinander aufweisen. Das ist sehr merkwürdig und an Zufälle glaube ich immer weniger.“

„Du hast den Mordfall Franz in deiner Aufzählung vergessen. Was ist mit dem?“

„Interessante Frage, aber das wird die Zukunft zeigen.“ Solch nebulöse Aussagen lernte man schon an der Polizeischule.

„Quatsch!“, entfuhr es Kost. „Da hängt alles zusammen. Da bin ich mir sicher.“

„Keine voreiligen Schlüsse. Aber wir ziehen natürlich auch das in Betracht.“

„Immerhin.“ Dora seufzte gespielt. „Ich glaube, dass ich schnellstmöglich meinen Dienst wieder aufnehmen sollte. Ich habe den Eindruck, dass ihr jegliche Unterstützung braucht, die ihr kriegen könnt.“

„Du schon wieder! Werde jetzt bloß nicht übermütig, nur weil du in deiner Freizeit unter Mordopfern und potentiellen Mördern verkehrst. Wo bist du jetzt, also gerade, überhaupt?“

„Ich bin bei Johannes. Warum fragst du?“

„Nur so. Jetzt weiß ich, womit ihr gerade fertig geworden seid.“

*

Nach dem Kaffee waren sie eine Zeitlang durch das vorweihnachtliche Köln gezogen und hatten sich die überladenen Auslagen in den Schaufenstern angesehen. Elke musste dabei feststellen, dass Bernd durchaus charmant und zuvorkommend sein konnte. Er besaß sogar so etwas wie Humor. Das war ihr früher nicht aufgefallen. Völlig unerwartet hatte er in den letzten Jahren an Reife hinzugewonnen.

Bevor sie sich versehen konnte, brachte er sie zu ihrem Hotel und begleitete sie auf ihr Zimmer.

Was sich dann ereignete, entsprach einem Klischee: Sie schliefen miteinander.

Danach verschwand Bernd mit der Entschuldigung, er müsse dringend ins Büro.

Unter der Dusche dachte Elke über das Geschehene nach. Das hätte nie passieren dürfen. Wieso hatte sie es getan? War sie angesichts des

Todes ihres Ex-Mannes nostalgisch und unkontrolliert romantisch geworden und hatte sich dem Erstbesten an den Hals geworfen?

Sie konnte es nicht sagen. Wahrscheinlich hatte Theo einen leeren Fleck hinterlassen, den sie unterbewusst füllen wollte. Obwohl sich das absolut idiotisch anhörte.

Sie kam, nur mit einem Handtuch bekleidet, zurück ins Zimmer. Aus einem unerfindlichen Grund nervte sie der Anblick des durchwühlten Bettes. Und zu allem Überfluss klingelte ihr Smartphone.

Wahrscheinlich Bernd, dachte sie und ging dran, obwohl sie eigentlich nicht mit ihm sprechen wollte.

Doch zu ihrer Überraschung hörte sie Doras Stimme. „Hallo Elke, alles klar bei dir?"

„Dora! Nett, dass du anrufst. Was verschafft mir die Ehre?"

„Ich kann Kai nicht erreichen. Ich müsste ihn dringend sprechen. Aber sein Mobiltelefon ist ausgestellt. Weißt du zufällig, wo er ist?"

„Leider nein. Ich habe gestern mit ihm telefoniert, nachdem er wieder zu Hause angekommen war. Es schien ihm soweit gut zu gehen."

„Das will ich hoffen! Kennst du eigentlich einen gewissen Stefan Tau?"

„So auf Anhieb sagt mir der Name nichts. Wieso fragst du?"

„Das würde ich gerne mit dir persönlich bereden. Da kommt mir eine Idee. Johannes wollte mit mir ausgehen, um ein Restaurant zu testen. Ich habe ihm aber gesagt, dass ich keine Lust dazu habe. Er hat zwar gestöhnt, dennoch kocht er heute Abend für mich. Und da ich weiß, was für Portionen er immer macht, denke ich, dass auch du satt werden würdest. Falls du Lust hast, zu uns zu kommen. Weißt du noch, wo Johannes wohnt?"

„Ja danke, das ist toll. Aber was sagt Johannes dazu?"

„Der ist gerade einkaufen gegangen und Männer haben in diesen Fällen kein Mitspracherecht." Dora lachte.

„Um Gottes willen, ich will auf keinen Fall zu einem Trennungsgrund werden. Sicher will Johannes mit dir einen romantischen Abend zu zweit verbringen."

„Keine Sorge! Ich werde es ihm sehr schonend beibringen."

„Der arme Kerl tut mir jetzt schon leid!"

„Soll ich dir was sagen? Und das ganz zu Recht!"

*

Er saß in der Hausbrauerei in der Friesenstraße vor einem Teller Tatar mit Ei und einer Stange Kölsch und hing seinen Gedanken nach.

Seitdem in Restaurants nicht mehr geraucht werden durfte, kamen Schmitz die Wände viel heller vor. Aber das war sicher eine optische Täuschung.

Die Freundschaft mit Dora war ihm wichtig, obwohl sie ihn wegen seiner Neurose häufig auf den Arm nahm. Aber durch die Bekanntschaft zu ihr kamen zuweilen sehr interessante Storys ans Tageslicht.

Die Letzte hatte ihm 6.000 Euro eingebracht. Und auch der Fall des Mordes an Franz entwickelte sich vielversprechend.

Er blätterte in seinen Notizen, als sich ein langer, schlanker Typ vor ihm aufbaute. Er schaute auf und erkannte Markus Daun, den Galeristen, über dessen Ausstellungen er mehrfach berichtet hatte.

Er wusste, dass Daun Maximilian vertrat und bald eine Vernissage mit seinen Werken anstand. Er selbst mochte den Kerl nicht, was Daun auch bekannt war.

Doch das hinderte ihn nicht daran, sich Schmitz gegenüber an den Holztisch zu setzen. „Toll, dass ich Sie hier treffe, Herr Schmitz", sagte Daun. „Das gibt mir die Gelegenheit, Sie auf einen neuen, talentierten Maler hinzuweisen, über den Sie unbedingt etwas bringen sollten."

„Tatsächlich!" Schmitz hätte beinahe mit den Augen gerollt, unterdrückte diesen Impuls jedoch. „Und wie heißt der Wunderknabe?"

„Patrick Calon. Ich habe einige Werke von ihm in meiner Galerie hängen. Sie sollten vorbeikommen und sie sich einmal anschauen."

„Der Name sagt mir nichts. Woher kommt er?"

„Er ist gebürtiger Baske mit französischen Wurzeln, lebt aber seit Ewigkeiten in Köln. Ihr Freund Maximilian von Lofte müsste ihn eigentlich kennen."

Schmitz vermutete, dass Daun, wie üblich, die Angaben zum Künstler aufpoliert hatte, aber in diesem Geschäft war ja schon immer alles erlaubt.

Er wunderte sich, dass Daun von seiner Bekanntschaft zu Maximilian wusste. Vielleicht hatte Maximilian es Daun gegenüber erwähnt, um mit seinen guten Pressekontakten anzugeben.

„Ich werd' vielleicht mal bei Ihnen reinschauen." Schmitz wollte den blöden Typen schnellstmöglich loswerden.

„Das finde ich nett von Ihnen. Sind Sie zurzeit denn sehr beschäftigt? Haben Sie wieder so eine Mordgeschichte in der Mache?" Daun grinste breit und bestellte beim Köbes ein Kölsch. „Ihr Artikel, der vor nicht allzu langer Zeit erschienen ist, zu dem Mord an dieser Frau, hat mir sehr gut gefallen."

„Sie meinen Caroline N.?"

„Genau. Tolle Schreibe, die Sie haben."

„Danke für die Blumen."

„Und, arbeiten Sie wieder an einem Artikel über einen Mordfall? Erzählen Sie doch mal!"

„Scheiß drauf! Sie werden Lachen. Im Moment recherchiere ich Informationen über den verdammt seltenen Beruf des Trüffelöltesters.

Es gibt auf der ganzen Welt nicht mehr als zwei Handvoll Experten, die sich mit der Qualität dieses Zeugs auskennen."

„Jetzt wollen Sie mich aber verscheißern, Herr Schmitz?"

„Blödsinn. Es geht hier um synthetische Öle, die industriell hergestellt werden und in den verdammten Ausguss gehörten, um Öle, aromatisiert mit echten schwarzen oder weißen Trüffeln, wobei die Öle mit weißem Trüffel die besten Ergebnisse hervorbringen. Es gibt nur wenige Menschen, übrigens hauptsächlich Männer, die das kontrollieren. Ich bin sicher, das wird ein geiler Bericht über eine coole Berufsgruppe, die eindeutig eine Minderheit in unserer Gesellschaft darstellt, von denen es aber durchaus viel mehr geben sollte. Wie Sie feststellen können, werde ich das Thema also nicht nur kulinarisch aufarbeiten, sondern auch soziologisch, aufgepeppt mit einigen politologischen Aspekten."

Das schien Daun nun doch etwas zu viel. Er leerte sein Glas in einem Zug, verabschiedete sich und versuchte im Gedränge einer Touristengruppe zu verschwinden.

Schmitz war mit sich sehr zufrieden, bis ihm einfiel, dass er ein Trottel war. Dora hatte ihn gebeten, auch etwas über die Finanzen von von Lofte in Erfahrung zu bringen. Und wer wäre da eine bessere Quelle als dessen Galerist? Es blieb ihm also nichts anderes übrig, als Daun hinterherzuschreien, bevor dieser Idiot von der Masse verschluckt werden konnte.

*

Dora hatte ihm mitgeteilt, dass Elke zum Essen kommen würde.

Er hatte sich auf einen wunderschönen Abend mit seiner Freundin und Bob Dylan, inklusive Kerzenlicht gefreut.

Er wollte ein in Mohn gewendetes Rehrückenfilet zubereiten. Zwar reichte die Menge für drei, aber auf einen Dreier stand er heute Abend wirklich nicht.

Doch er kannte Dora. Wenn sie sich etwas in den Kopf gesetzt hatte, war sie nicht mehr davon abzubringen.

So stand er nun in der Küche und rührte in einer Portion Risotto, die als Vorspeise gedacht war. Für die Reisspeise hatte er einen Chardonnay von Rebholz kaltgestellt, im kleinen Barrique ausgebaut. Für das Reh war schon ein Spätburgunder von der Ahr dekantiert. Diesmal hatte er sich für einen Devonschiefer vom Weingut Kreuzberg entschieden. Dort hatte der Plonk-Club sein zehnjähriges Bestehen gefeiert. Dieser Spätburgunder sollte hervorragend mit dem Fleisch harmonieren.

Johannes war genervt. Elke und Dora waren soeben eingetroffen und nippten in seiner Küche an ihrem Pinot Noir Sekt vom Weingut Knipser aus der Pfalz, den er eigentlich für Dora und sich vorgesehen hatte.

Zu allem Überfluss unterhielten sich die beiden auch noch über die aktuellen Morde, als gäbe es in diesen Zeiten kein anderes Thema.

Dora äußerte ihre Verwunderung darüber, dass sie kein Lebenszeichen von Kai erhalten hatte. „Hoffentlich ist er nicht irgendwo umgekippt und wieder in irgendein Krankenhaus eingeliefert worden.“ Dora sah wirklich besorgt aus.

„Mit einer Gehirnerschütterung ist nicht zu spaßen“, soufflierte Elke. „Aber er wollte unbedingt etwas erledigen. Was genau, weiß ich nicht. Deshalb hat er auch die Klinik auf eigene Verantwortung verlassen.“

„Sogar sein Smartphone hat er ausgeschaltet. Ich lande immer nur auf seiner Mailbox.“

„Willst du irgendetwas unternehmen?“

„Ich habe schon mit einer Kollegin telefoniert. Sie würde auch gerne mit Kai sprechen. Wegen seiner Beziehungen zu Tau. Sie haben ihn aber weder zu Hause noch in seinem Büro angetroffen. Wenn ich es nicht besser wüsste, würde ich sagen, er hat sich aus dem Staub gemacht."

„Jetzt spinnst du aber!"

„Na ja, er kannte diesen Stefan Tau sehr gut. Der war mal sein Mieter. Allerdings hat Kai ihn irgendwann vor die Tür gesetzt. Tau ist das offensichtlich nicht gut bekommen. Er war, wie du wissen wirst, ein stadtbekannter Clochard."

„Au Backe! Dann hätte doch eher Tau einen Grund gehabt, auf Kai sauer zu sein."

„Ganz recht. Womöglich hat Tau Kai vor dessen Wohnungstür eine mitgegeben. Kai kommt ins Krankenhaus, kann sich an das Geschehene erinnern, sucht Tau auf und bringt ihn im Streit um."

„Das ist aber sehr, sehr weit hergeholt." Johannes wurde immer genervter. „Kai ist unser Freund, Dora. Du kennst ihn. Er ist nie aufbrausend oder aggressiv. Ich glaube, er kann gar nicht im Affekt handeln. Dafür ist er zu stark vernunftgesteuert. Dass er in einem solchen Zustand einen Mord begeht, ist absolut unmöglich."

„Da muss ich dir leider sagen, dass die Polizei darüber anders denkt", entgegnete Dora. „Bettina lässt ihn per Haftbefehl suchen. Erstens hatte er womöglich ein Motiv, zweitens hat er das Krankenhaus vorzeitig verlassen und drittens ist er spurlos verschwunden. Das sind drei Gründe zu viel."

„Blödsinn." Johannes fuhr aus der Haut. „Hör doch einfach mal auf dein Gefühl. Davon sollen Frauen doch so viel haben."

„Tut mir leid, Johannes. Ich zähle nur die Fakten auf. Vielleicht gibt es plausiblere Erklärungen für das alles. Aber dazu müssen wir Kai erst einmal finden."

„Er wird schon wieder auftauchen und euch Sturköpfe eines Besseren belehren. Und jetzt wird gegessen!“, stellte Johannes klar.

Beim Essen unterhielten sich die beiden Frauen zu Johannes Unmut weiterhin über Kai, Theo und Tau. Er kam sich vor wie Luft und das, obwohl ihm das Risotto hervorragend gelungen war.

Er wollte gerade dezent auf die feine Körnigkeit der Speise hinweisen, als Dora schon wieder Luft holte. Er hatte keine Chance.

„Und du kannst dich an den Namen Stefan Tau nicht erinnern, Elke? Hat Kai ihn nicht irgendwann einmal erwähnt? Vielleicht hat er sich in deiner Gegenwart ja mal über die besonders problematischen Mieter beklagt, über die, die ihm Sorgen bereiteten oder so.“

„Ich kann mich nicht erinnern. Mit Kais Mietern hatte ich wirklich nichts zu tun.“

Dora nahm diese Erklärung scheinbar teilnahmslos hin, aber Johannes erkannte in ihrem Gesicht eine gewisse Skepsis.

Dora und Elke unterhielten sich weiter, während er den Hauptgang zubereitete. Er fühlte sich zu ihrer Haushaltshilfe degradiert.

Die Damen vergnügten sich und er machte das Essen, spülte ab, aber Kuscheln war heute Nacht bestimmt nicht mehr drin. Er war sich in diesem Moment nicht sicher, ob er sich unter diesen Umständen auf ein Weihnachten allein zu zweit wirklich freute.

*

Elke verschwand im Hausflur, um zu ihrem Taxi zu eilen.

Johannes stand hinter Kost im Türrahmen, das Spültuch in der Hand.

Sie hatte nicht viel Neues in Erfahrung gebracht an diesem Abend. Nur eins war Kost aufgefallen: Elke verheimlichte etwas.

Sie wusste nicht was, aber ihre Spürnase als Kriminalistin hatte bei einigen von Elkes Ausführungen schwer gejuckt. Da war was im Busch gewesen, aber weder gutes Essen noch zahlreiche Gläser Wein hatten Elkes Zunge gelockert. Diese Frau war die Selbstbeherrschung in Person. Und das auch noch mit 1,5 Promille.

Sie selbst hingegen fühlte sich angeschlagen. Zudem maulte Johannes. Sie bot ihm an, am nächsten Morgen beim Abwasch zu helfen.

Doch Johannes verschwand in der Küche mit den Worten: „Das erledige ich sofort."

Männer!

Er verstand nicht, dass sie Elke auch seinetwegen eingeladen hatte. Wenn sie den Fall mit Elkes Hilfe lösen könnte, wäre auch Johannes nicht mehr in Gefahr.

Das alles war vertrackt. Und die verschiedenen Enden dieser Geschichte nicht einfach zu packen. Das musste doch auch Johannes einsehen.

Aber Männer konnten nun mal nicht besonders gut um die Ecke denken. Sie waren einfach gestrickt und unfähig, den komplizierten Gedankengängen einer Frau zu folgen. Bevor Kost in Johannes Bett wegdämmerte, dachte sie noch: *Unter diesen Voraussetzungen wird Weihnachten mit Johannes sicher alles andere als ein Fest.*

Derweil spülte Johannes die wertvollen Weingläser.

*

Das nächste Projekt hieß Romanee Conti 1945. Er musste den Rotwein besitzen. Bei dieser Rarität handelte es sich um flüssige Geschichte. Duft und Geschmack mussten überirdisch sein. Dafür würde er töten. Seine Obsession musste befriedigt werden. Alles andere war zweitrangig. Der Termin im Tattoostudio war schon vereinbart. Und das Christkind, das die Geschenke brachte, war er selbst.

SPUREN INS NICHTS

Das lohnte sich. Er fand kurzfristig einen wohlbetuchten wie interessierten Käufer und brachte das Geschäft in einer Nacht und Nebel-Aktion über die Bühne.

Es war das erste Mal, dass er auf diese Weise einen Deal machte.

Der Transaktion vorausgegangen waren einige hektische Aktionen in den letzten Tagen. Angebote und Gegenangebote waren hin- und hergeschickt worden.

Sein Geschäftspartner war glücklicherweise total besessen davon, die Ware zu besitzen.

Dennoch: Unter anderen Umständen hätte er sich nie die Hände schmutzig gemacht, indem er selbst über den Preis verhandelte.

Er wunderte sich über sich selbst, denn etwas Derartiges hatte er sich gar nicht zugetraut. Er ging sozusagen über Leichen.

Wenn er recht überlegte, verdiente es der Betreffende nicht besser.

Wie lange kannte er ihn schon? Eine halbe Ewigkeit. Und dennoch verhielt sich dieser Jemand ihm gegenüber wie ein Arschloch. Das zahlte er ihm nun heim.

Intoleranz und Unhöflichkeit waren für ihn Todsünden, die es verdienten mit einer Todsünde beantwortet zu werden.

Letztendlich fühlte er sich wohl in seiner Haut. Sein Künstlergeist war befriedigt.

Gleichwohl nagte etwas an ihm. Er konnte nicht genau sagen, was es war, aber es nagte unablässig. Dafür war seine Liquidität wiederhergestellt. 12.000 Euro brachte ihm die Transaktion ein. Das würde für zwei bis drei Monate reichen, einschließlich eines Weihnachtsgeschenkes für Paula. Aber was würde wohl Dora dazu sagen, falls sie es irgendwann erfahren sollte?

*

Während er die letzten Reste vom Vorabend beseitigte, machte sich Dora nach einer schnellen Tasse Kaffee auf den Weg zu ihrer Wohnung.

Zurzeit hatten sie sich nicht viel zu sagen. Dies war zumindest sein Eindruck. Dora hatte sich so sehr in den Fall um Theos Tod verbissen, dass ihre Beziehung darunter litt. Mitunter fühlte er sich an seine erste Ehe erinnert, in der Sprachlosigkeit ebenfalls der Anfang vom Ende gewesen war. Und das machte ihm Angst. Schließlich war er immer noch der Meinung, dass er Dora liebte.

Ein weiteres Problem war die Tatsache, dass ihm der Beziehungsstress mit Dora auf den Magen schlug. Gestern Abend hatte er mit wenig Appetit gegessen und getrunken. Selbst der abschließende, exzellente Sauternes hatte ihm nicht gemundet.

Nicht nur Liebe geht durch den Magen. Eine schlecht geführte Partnerschaft verdirbt einem umgekehrt auch den Genuss in kulinarischen Dingen, dachte er.

Das machte ihn, vor allem jetzt in der Vorweihnachtszeit, total depressiv. Und da ihm der Wein nicht schmeckte, war es auch absolut sinnlos, gegen diese existentielle Melancholie einen Grand Cru-Bordeaux oder Burgunder zu öffnen.

Der Klingelton des Handys riss Johannes aus seinen Gedanken. Bernd war am anderen Ende und sprudelte los: „Guten Morgen, Johannes. Schöner Tag heute."

„Ich war noch nicht vor der Tür", sagte Johannes. Er hatte keine Muße, sich mit Bernd auszutauschen.

Allerdings ließ ihm sein Freund keine andere Chance. „Sag mal, Johannes, ich kann Kai nicht erreichen. Ich wollte ihn fragen, wie es ihm geht. Er geht nicht ans Telefon. Weißt du, was da los ist? Ist er wieder im Krankenhaus?"

„Keiner weiß, wo er sich rumtreibt. Soweit ich gehört habe, und jetzt halt dich mal fest, geht die Polizei davon aus, dass er sich auf der Flucht befindet, weil er diesen Landstreicher umgebracht hat."

„Wen soll er ermordet haben?"

„Einen gewissen Tau. Ist wohl erstochen worden." Johannes wischte sich die Hände ab. Dies würde wohl doch ein längeres Telefonat werden.

„Davon weiß ich ja gar nichts."

„Steht in der Zeitung, Regionalteil."

„Muss ich überlesen haben. Und Kai soll der Mörder sein?"

„Die Kripo ist wohl dieser Auffassung."

„Die sind doch verrückt. Wir sprechen hier von dem Kerl, der schon Probleme bekommt, wenn er Kellerasseln in seinem Weinkeller vorfindet und diese entfernen soll."

„Ganz recht."

Bernd war richtig in Fahrt. „Das ist völlig an den Haaren herbeigezogen. Kai ist absolut nicht zu einem Mord fähig."

„Sehe ich auch so, Bernd. Aber die Polizei sucht ihn dennoch mit Haftbefehl."

„Na herzlichen Glückwunsch. Der arme Kerl. Erst kriegt er einen über den Schädel und dann das."

„Das Problem ist, dass Kai nicht auffindbar ist. Das macht ihn verdächtig. Ich wüsste nur zu gerne, wo er jetzt steckt", sagte Johannes.

„Vielleicht ein eiliges Bauprojekt in Belgien. Er war doch schon mal zwei Wochen von der Bildfläche verschwunden, als er so einem Superreichen ein Luxusobjekt in der Nähe der Grenze planen sollte. Erinnerst du dich?"

„Richtig, ich erinnere mich."

„Es gibt also gegebenenfalls eine simple Erklärung für sein Verschwinden", erklärte Bernd.

„Ich habe auch schon daran gedacht, dass Kais Gedächtnis durch den Schlag auf den Kopf gelitten hat…"

„Und er jetzt irgendwo ziellos umherwandert", ergänzte Bernd.

„Genau!"

„Das halte ich für unrealistisch. Im Krankenhaus war er schließlich ganz klar."

„Dann weiß ich auch nicht", sagte Johannes.

„Lass uns einfach abwarten. Kai taucht schon wieder auf. Aber wo ich dich gerade dran habe: Hättest du in nächster Zeit einmal die Gelegenheit, dich mit mir zu treffen?"

„Grundsätzlich ja. Ist es etwas Wichtiges?"

„Ich glaube, ich habe eine Dummheit begangen, aber das möchte ich nicht am Telefon besprechen." Bernds Dynamik war verschwunden.

„Sehr schlimm?"

„Weiß ich noch nicht. Ich würde gerne mit dir darüber sprechen. So von Mann zu Mann, wenn du verstehst."

„Demnach handelt es sich um eine von deinen Frauengeschichten?"

„Also, wann hast du Zeit?"

„Ich melde mich bei dir, wenn ich meinen Kalender gecheckt habe."

„Ich kann auch zu dir kommen."

„Du hörst von mir."

„Danke Johannes, du bist ein echter Freund!"

Das wäre ich auch gerne für jemand anderes, dachte Johannes, als er die Austaste seines Handys drückte. Und dabei dachte er nicht an eine reine Männerfreundschaft.

*

Er saß mal wieder mit einer Tasse grünem Tee auf ihrem Sofa.

An diesem Morgen war es Dora ganz recht, dass Dieter bei ihr, im wahrsten Sinne des Wortes, reingeschneit war. Er hatte den ganzen Flur vollgetropft, da draußen ein Schneesturm wütete. Die Wetterfrösche im Radio befanden sich im Ausnahmezustand und sprachen von einer weißen Weihnacht.

Dora blieb davon gänzlich unberührt. „Hast du zur Abwechslung einmal ein paar Neuigkeiten, die ich noch nicht kenne?"

Dieter spannte Dora auf die Folter und wechselte das Thema. „Coole Nummer. Hast du heute etwa ‚Statement' von Aigner aufgelegt?"

„Was soll denn die Frage jetzt?"

„Der Duft ist geil, ich benutze ihn selbst. Steht aber auch einer Frau wie dir, muss ich zugeben."

„Verdammt nochmal Dieter, jetzt lenk nicht ab. Was hast du bisher recherchiert?"

„Der Weinhändler Krawald scheint sauber zu sein. Er hat einen astreinen Ruf in der Branche und gilt als Experte auf seinem Gebiet."

„Wie kommst du zu dieser Annahme?"

„Zunächst mal fucking Internetrecherche. Du weißt ja, heute wird im World Wide Web alles und jedes erfasst, beschrieben und beurteilt. Und der Laden von Krawald kommt da tatsächlich sehr gut bei weg. Außerdem habe ich mit dem Veranstalter der Weinmesse in Düsseldorf gesprochen und ihn nach unserem Weinfachmann befragt. Der konnte verdammt nochmal nur Gutes über ihn berichten. Er sei zwar ein wenig eigen. Ein komischer Vogel, wie er sich ausdrückte, aber gleichzeitig unglaublich korrekt und fachkundig. Ich denke mal, dass wir Krawalds Aussagen durchaus vertrauen können."

„Das bleibt abzuwarten, Dieter. Wenn ich eins gelernt habe: Treffe nie voreilige Schlüsse."

„Wie du meinst, meine Liebe."

„Und nenn mich bloß nicht meine Liebe, mein Lieber."

„Schon gut, Erhabene. Ich mach dann trotzdem mal weiter. Maximilian hat tatsächlich scheiß Geldprobleme."

„Weiß ich bereits. Die Info hat einen Bart."

„Sorry, dass ich sorgfältig arbeite!"

„Wie bist du an deine Informationen gelangt? Du hast doch hoffentlich nicht Paula gefragt?"

„Was denkst du! Ich bin doch kein Amateur. Ich habe mit Maximilians Galeristen Daun gesprochen. Ein ziemlicher Schwachkopf, wenn du mich fragst. Ich habe ihm vorgegaukelt, ich würde mich für eines von von Loftes Bildern interessieren. Im Laufe unseres Gespräches offenbarte er mir, dass Maximilian sicher sehr glücklich wäre, wenn er noch vor Weihnachten ein Exponat losschlagen könnte und, dass Künstler permanent unter Geldmangel litten."

„Maximilian braucht offensichtlich sehr schnell Bares", sinnierte Dora. „Aber gut, wir wollen einmal nicht zuviel dahinein interpretieren. Bettina geht der Sache ohnehin nach." Ihr war klar, dass sie sich mit dieser Aussage selbst beruhigen wollte.

„Tatsächlich?"

„Maximilian war bestimmt schon öfter knapp bei Kasse, das muss nichts heißen."

„Wenn du meinst. Aber du weißt schon, dass er viel Geld in den Wind geschossen hat? Und das auf einen Tipp von Franz hin."

„Ich werde das im Auge behalten. Was hast du sonst noch?"

„Du hattest mich ja kurzfristig noch gebeten, diesen Stefan Tau ein wenig zu durchleuchten."

„Und?"

„Ich habe mit dem einen oder anderen seiner Pennbrüder gesprochen. Oh Mann! Bei dieser Kälte findet man die armen Schweine in diesen Missionen, wo ein Teller Suppe oder so was ausgegeben wird. Die Herren hielten nicht sehr viel von Tau. Er sei sehr verbittert gewesen. Offensichtlich noch mehr als die, mit denen ich geredet habe. Er hat neben seiner Wohnung auch Arbeit und Familie verloren. Das hat ihm sehr zu schaffen gemacht. Seine Pennbrüder haben ihn deshalb gemieden. Er war ihnen einfach zu depressiv."

„Meine Güte, wie schrecklich, dass bei diesen armen Menschen noch Unterschiede bezüglich des Grades der Depression gemacht werden", sagte Dora.

„Scheiße ja. Aber auch das nennt man wohl Demokratie: die Freiheit, arm und beschissen dran zu sein."

„Stimmt schon. Aber was hast du noch erfahren?"

„Das war es fürs Erste."

„Wie bitte?"

„Was willst du, Dora. Für die kurze Zeit, die mir zur Verfügung stand, war das doch gar nicht so schlecht!"

„Schon gut. Ich hatte für kurze Zeit vergessen, dass Männer nur über beschränkte Kapazitäten hinsichtlich ihres Arbeitspensums verfügen."

*

Graf Polta hatte acht Gäste zu einem kleinen mittäglichen Umtrunk in seine prachtvolle Villa in Rodenkirchen geladen. Er verfügte über einen sagenhaften Weinkeller, der sich in den Gewölben unter seinem Anwesen befand.

Krawald verdankte seine Einladung dem Umstand, dass er dem Grafen von Zeit zu Zeit rare Burgunder besorgte. Dieser zeigte sich zuweilen mit solchen Einladungen erkenntlich. Krawald bildete sich zudem ein, dass der Graf seine Weinkenntnisse überaus schätzte und bei solchen Anlässen auf seine geschulte Zunge setzte.

Seiner Meinung nach hatte der Graf diese auch bitter nötig. Bei der Vorstellung der Gäste stellte sich heraus, dass ein Opernsänger, zwei Stadtratsabgeordnete, ein Maler samt seinem Galeristen und zwei Theaterschauspielerinnen anwesend waren. Keiner erweckte den Eindruck, viel von den vorgestellten Kostbarkeiten zu verstehen.

Die roten Burgunder aus dem sagenhaften Jahrgang 1999 wurden von allen Anwesenden gelobt, aber Krawald bemerkte sofort die fehlenden Fachkenntnisse seiner Mittrinker. Deshalb stellte er sich etwas abseits, um einen Romanée-St-Vivant von Romanée-Conti ganz für sich allein genießen zu können.

Von allen Gästen nervten ihn die Frauen am meisten. Insbesondere der Umstand, dass sie die Verkostung schlichtweg ignorierten und ausschließlich Champagner tranken, war unentschuldbar.

Auch auf die anwesenden Herren der Schöpfung hätte Krawald gut und gerne verzichten können. Wie vermutet, konnte er keine echten Weinkenner unter ihnen ausmachen.

Nun kam zu allem Übel auch noch dieser Galerist Markus Daun auf ihn zu stolziert, offensichtlich, um ihm seine Meinung zu diesem Gottesgeschenk an Wein unter die Nase zu reiben.

„Toller Stoff! Oder was meinen Sie?“

Krawald riss sich zusammen und betrieb höflich Konversation.

„Einer der besten aus 1999, würde ich sagen."

„Würde ich auch sagen. Kennen Sie den Grafen schon länger?"

„Zwei, drei Jahre."

Bleib einfach kurz angebunden, vielleicht verzieht sich der Typ dann wieder, dachte Krawald. Es kam anders, bedauerlicherweise.

„Ich habe ihn vorletztes Jahr auf einer von mir veranstalteten Vernissage getroffen. Er hat sage und schreibe fünf Bilder in den letzten vierundzwanzig Monaten bei mir gekauft."

„Auch eins von dem Herrn von Lofte da drüben?" Krawald heuchelte Interesse, war aber in Gedanken in seinem Weinglas versunken. Dennoch drehte er den Kopf in die Richtung, in der von Lofte stand.

„Nein. Von Lofte ist für den Geschmack des Grafen zu berühmt. Er erwirbt hauptsächlich unbekannte Künstler. Von den alten Meistern hätte er schon genug, pflegt er immer zu sagen."

„Lobenswert."

„Nicht wahr? Zurzeit stelle ich übrigens einen angehenden Star der Kunstszene aus. Vielleicht kennen Sie ihn. Er heißt Patrick Calon. Sehr gewagter Pinselstrich."

„Kenne ich nicht. Ich interessiere mich nur für Wein. Ich bin Weinhändler."

„Tatsächlich." Daun machte ein enttäuschtes Gesicht. Er hatte wohl damit gerechnet, hier beim Grafen auf weitere potentielle Kunden zu treffen.

Nun ja, Pech gehabt. Jetzt würde sich dieser Galerist hoffentlich verziehen.

Doch statt Krawald diesen Gefallen zu tun, sagte diese unverschämte Person: „Kunst ist halt nicht jedermanns Sache. Da fällt mir ein, wenn Sie mit Wein handeln, dann kannten Sie vielleicht diesen toten Weinliebhaber, der in seinem Weinkeller gefunden wurde?

Wie hieß er noch gleich? Ich habe darüber in der Zeitung gelesen."

Krawald schreckte von seinem Glas auf, in das er die Nase versenkt hatte. Wie sollte er diese Frage beantworten? Er wollte über dieses Unglück nicht reden.

Doch impulsiv antwortete er: „Herr Franz war ein Kunde von mir." Er biss sich auf die die Zunge.

„Das gibt es doch nicht! Wie war er denn so als Mensch?"

„Er kannte sich recht gut mit Wein aus", antwortete Krawald.

„Was meinen Sie, wer hat in umgebracht?" Daun blühte auf.

Krawald fand, dass sein Gegenüber auf eine unangenehme Art sensationsgeil war.

„Das kann ich Ihnen wirklich nicht sagen. Ich bin schließlich nicht von der Polizei. Ich verkaufe nur Wein."

„Nicht mal eine Vermutung?"

„Verdammt. Warum kommen mit dieser Frage alle ausgerechnet zu mir?" Wieder biss sich Krawald auf die Zunge. Auf diese Art würde er den Galeristen nie loswerden.

„Wer denn noch?"

„Das lasse ich unkommentiert."

„Kommen Sie, mir können Sie's doch sagen."

„Wenn ich Ihre Neugier befriedige, erlauben Sie mir dann, mich auf die restlichen zu verkostenden Weine zu konzentrieren, statt über Mord und Totschlag zu diskutieren?"

„Ich bin sofort weg, wenn Sie mir etwas erzählen."

„Nun denn, die Kripo war bei mir. Die Dame heißt Kost, wie in Trenn- oder Feinkost."

„Der Name kommt mir irgendwie bekannt vor."

Auch das noch, dachte Krawald in dem Moment, in dem sich Daun von ihm abwandte.

*

Kai blieb unauffindbar.

Kost hatte soeben mit Bettina telefoniert und befand sich auf dem Weg zu von Loftes Atelier. Es wurde Zeit, dass sie ihren Bekannten einmal kräftig unter die Lupe nahm. Natürlich nur, um ihn als potentiellen Tatverdächtigen mit Sicherheit ausschließen zu können.

Nach Paulas Schilderung war Maximilian in letzter Zeit unausgeglichen. Dem musste Dora auf den Grund gehen. Das war sie zuletzt auch Paula schuldig.

„Hat dich schon der vorweihnachtliche Blues erwischt?", begrüßte Kost den Maler mit einem Lächeln.

Von Lofte schien etwas überrascht angesichts ihres Besuches.

Kein gutes Zeichen, dachte Kost.

Sie gingen in den Raum, in dem er gerade malte. Auf der Staffelei stand eine Leinwand in der Größe von etwa sechzig mal einhundert Zentimetern. Dora konnte aber nicht erkennen, woran der Künstler arbeitete. Das Bild war mit einem großen Leinentuch verhängt.

„Hallo Dora. Tut mir leid, Paula ist gerade Einkaufen gegangen und das kann dauern, wie du weißt", überging von Lofte Kosts Frage. „Möchtest du vielleicht später wiederkommen?"

Wollte Maximilian sie wirklich so schnell wieder loswerden? Nicht mit ihr. „Kein Problem, ich wollte sowieso zu dir."

„Ach was? Möchtest du mir doch Modell stehen?" Maximilian biss sich auf die Zunge, nachdem die Worte seinen Mund verlassen hatten.

„Red keinen Blödsinn. Ich möchte über deine Finanzen sprechen." Dora entschied sich damit für den Frontalangriff. Frei nach dem Motto: keine Gefangenen.

„Das ist jetzt nicht dein Ernst?"

„Hör mal, ich bin Paulas beste Freundin. Du bist Paulas Geliebter. Damit stehst auch du mir nahe. Und ich habe gehört, dass du zurzeit etwas klamm bist. Da muss ich einfach mal nachfragen. Sollte man nicht gerade in der Weihnachtszeit schauen, dass vor allem auch die eigenen Freunde glücklich sind?“ Oh Gott, hörte sich das schmalzig an. Das würde Maximilian ihr niemals abkaufen.

„Ich verstehe nicht ganz. Paula und mir geht es sehr gut. Nun ja, einmal abgesehen davon, dass ich ein Insektenmenü zu Weihnachten geschenkt bekomme.“ Der Maler versuchte sich an einem gequälten Lächeln. Gleichwohl bildeten sich Schweißperlen auf seiner Künstlerstirn.

„Maximilian, du hast viel Geld verloren mit den Anlagen, die Theodor dir empfohlen hat. Du hast meines Wissens seit Ewigkeiten kein Bild mehr verkauft. Seien wir ehrlich, du liegst Paula auf der Tasche.“

„Das geht jetzt doch zu weit, Dora. Das geht dich mal gar nichts an“, zischte Maximilian. Seine Hände zitterten.

„Versteh mich nicht falsch. Ich will mich wirklich nicht in eure Privatangelegenheiten einmischen. Ich möchte nur helfen.“

„Widerspricht sich das nicht gerade?“ Die Schweißperlen rannen ihm nun über die Wangen. Er versuchte, sie mit einem herumliegenden Lappen zu stoppen. Allerdings war der Lappen voller roter Farbe, die teilweise noch nicht getrocknet war. Und nun sah sein Gesicht aus, als würde es bluten.

Maximilian merkte von alldem nichts.

Dora musste sich ein Grinsen verkneifen.

„Ich sehe doch, dass etwas nicht stimmt. Willst du nicht mit mir reden? Ich bin eine gute Zuhörerin.“

„Tut mir leid, Dora. Du bist die Letzte, mit der ich darüber sprechen möchte.“

„Wie habe ich denn das zu verstehen?"

„Das kann ich dir nicht sagen." Maximilian schaute auf den mit Farbspritzern übersäten Boden.

„Liegt es daran, dass ich Polizistin bin?" Jetzt musste sie am Ball bleiben.

Maximilian sah inzwischen wie ein Häuflein Elend aus. Aber er winkte ab: „Nein, damit hat es ganz sicher nichts zu tun."

„Womit denn dann?"

„Geh jetzt bitte. Bestimmte Dinge musst du einfach nicht wissen."

Aber Dora hatte keineswegs die Absicht, das Atelier zu verlassen.

„Mist!", fluchte sie. „Was hast du angestellt? Hast du jemanden umgebracht?" Dora versuchte ihrer Stimme einen ironischen Unterton zu geben. Aber so ganz gelang ihr das nicht.

„Was erzählst du denn da?" Maximilian schaute auf und Dora direkt ins Gesicht. „Willst du mir schon wieder vorwerfen, ich sei ein Mörder? Hatten wir das nicht schon?"

„War nicht so gemeint. Aber dann sag mir doch, was los ist. Du verhältst dich sonderbar. Du bist nervös, seitdem du mir die Tür geöffnet hast. Deine Hände zittern. Dir läuft der Schweiß in Strömen über das Gesicht. Du hast da übrigens auch ein wenig rote Farbe auf der Stirn. Du bist nicht der Maximilian von Lofte, den ich kennengelernt habe. Du weißt, als Polizistin bemerke ich so etwas. Außerdem sehe ich, dass du mir etwas Unangenehmes oder sogar Peinliches verheimlichst. Also lass es raus. Vorher wirst du mich eh nicht los."

Der Mann vor ihr sackte in sich zusammen. Er gab auf, setzte sich in einen Sessel, der in einer Ecke des Zimmers stand und legte den Kopf in beide Hände. „Ich habe etwas total Idiotisches getan. Du wirst mich sofort verhaften und zwanzig Jahre wegsperren."

„Komm, so schlimm kann es nicht sein?"

„Es ist viel schlimmer. Ich habe großes Unrecht getan."

„Kann ich mir bei dir gar nicht vorstellen. Das kommt dir bestimmt nur so vor."

„Ich habe ein Bild für 12.000 Euro verkauft."

„Wie bitte? Was ist daran schlimm? Du bist Maler! So etwas tun Maler gemeinhin."

„Ich habe es ohne Wissen meines Galeristen verkauft, der vertraglich an meinen Einnahmen beteiligt ist. Aber ich war so wütend auf Daun, dass mir das in dem Moment total schnuppe war. Ich habe das Bild schwarz verkauft und dachte daran, es nicht bei der Steuer anzugeben."

„Und deshalb schwitzt du so? Dann muss ich dir zu deiner Beruhigung sagen: Dafür geht man nicht unbedingt in den Knast."

„Das ist aber noch nicht alles."

„So, so, was noch?"

„Das Bild zeigt dich im Evakostüm."

„Wie bitte?" Kost ganzer Körper zitterte. „Aber ich habe dir nie Modell gestanden."

„Das nicht. Aber Paula und ich haben uns Fotos von euren gemeinsamen Urlauben angeschaut. Und auf einem seid ihr oben ohne. Ich glaube, es war auf Bornholm. Dieses Bild habe ich als Vorlage verwendet. Es ist zwar vor deiner Operation aufgenommen worden, doch ich habe mir dann meinen Teil weggedacht… Du weißt doch von meiner Obsession… davon, dass du meine Emma Peel aus `The Avengers`bist."

„Ich bin deine verkrüppelte Muse oder was?"

„So hart würde ich es nicht ausdrücken. Aber im Kern hast du wohl recht."

„Das heißt?" Dora schäumte vor Wut.

„Das Bild zeigt eine Frau mit einem amputierten Busen. Aber glaub mir, ich habe es stark entfremdet. Keiner deiner Bekannten wird dich darauf wiedererkennen. Unmöglich!"

„Wie kommst du nur zu so was?“ Dora tat einige Schritte auf Maximilian zu. Dieser sah sich genötigt, aus seinem Sessel aufzustehen.

„Ich brauchte dringend Geld. Und ich hatte mit einem Sammler über meine Absicht gesprochen, Aktporträts von einer Frau mit Behinderung zu malen. Er fand die Idee toll und wollte so ein Bild unbedingt haben. Also habe ich eins für ihn gemalt und dafür von ihm viel Geld bekommen, das ich dringend brauche bis meine Ausstellung bei Daun anläuft.“

„Du sagtest Behinderung. Ich werde dir mal zeigen, wie behindert ich bin.“

Dora machte noch einen Schritt auf den Maler zu und stand etwa einen halben Meter von ihm entfernt, als sie ihm eine klassische Rechte verpasste.

Maximilian stolperte nach hinten und sank wieder auf seinen Sessel. Dabei hielt er sich das Kinn. Dora stellte mit Befriedigung fest, dass nun tatsächlich etwas rotes Blut über sein Gesicht rann und nicht nur rote Farbe.

*

Er fühlte sich bestens. Das Ding mit Elke ließ sich gut an. Vielleicht würde sie länger in Köln bleiben und mit ihm Weihnachten feiern. Theos Tod war natürlich weiterhin eine Belastung für ihre aufkeimende Liebesbeziehung, aber schließlich waren Elke und Theo ja schon lange getrennt gewesen.

Die Sache mit Kai war natürlich auch total dämlich und warf sicher einen Schatten auf seine Treffen mit Elke, aber das konnte er nun mal nicht ändern.

Er war auf dem Weg zu von Lofte, um ein Bild als Weihnachtsgeschenk für Elke zu erstehen. Er hielt das für eine gute Idee. Er selbst war ein großer Fan der bildenden Kunst.

Als er zu Maximilians Haus kam, sah er, wie Dora aus der Haustür stürmte. Sie schien richtig wütend zu sein. Sie wandte sich nach rechts und bemerkte ihn nicht.

Bernd dachte kurz daran, ihr hinterher zurufen, ließ es aber bleiben. Er wusste auch nicht warum. Stattdessen läutete er bei Maximilian.

Der Künstler öffnete die Tür. Er wischte sich gerade mit einem Lappen Blut vom Mundwinkel ab.

„Was ist denn mit dir passiert?", fragte Bernd.

„Kleiner Unfall", nuschelte Maximilian und ließ den Gast ein.

„Hat dieser Unfall vielleicht etwas mit Dora zu tun? Ich habe sie gerade vor deiner Haustür gesehen."

„Diese Annahme entbehrt nicht einer gewissen Berechtigung."

„Möchtest du darüber reden?"

„Lieber nicht. Alles was passiert ist, hatte ich verdient."

„Na dann..."

„Kann ich dir einen Kaffee anbieten oder vielleicht etwas Stärkeres?" Maximilian hatte den Blutfluss offensichtlich gestoppt, denn er legte den Lappen beiseite und bewegte den Kiefer ein paar Mal kräftig hin und her.

„Hast du vielleicht einen Wein offen? Kaffee hatte ich heute schon genug."

„Ich habe von gestern Abend noch ein Glas Veroso übrig. Ein schöner Rotwein von der Ahr. Hat mir Johannes empfohlen."

„Spätburgunder?"

„Nein, nicht ganz, eine Assemblage, sehr interessant. Gewinnt, wenn er eine Zeit lang geöffnet war."

„Einverstanden."

Maximilian verschwand in der Küche. Bernd nutzte die Gelegenheit, einen Blick unter das große Tuch über der Staffelei zu werfen. Er war selbstredend nicht neugierig.

Als der Maler zurückkam, hatte Bernd das Bild schon wieder abgedeckt und musste sich ein breites Grinsen verkneifen.

Maximilian brachte das Glas Wein und stellte es vor ihm ab. „Was kann ich sonst noch für dich tun?"

„Ich brauche ein Geschenk für eine liebe Freundin. Und da dachte ich an eines deiner Brückenbilder. Hast du noch das von der Brücke mit den Vorhängeschlössern?"

„Du meinst die Hohenzollernbrücke."

„Genau. Die besagte Dame war ganz angetan von ihrem Anblick."

„Okay, ich frage nicht weiter. Ich habe das Bild noch. Was möchtest du denn ausgeben?"

„Was es halt kostet."

„Du weißt, so etwas sollte man in Preisverhandlungen nie von sich geben. Das ist sehr gefährlich."

„Du unterschätzt meine Menschenkenntnis. Du wirst mich schon nicht übers Ohr hauen." Bernd grinste.

„Na meinetwegen, sagen wir für dich 8.500 Euro. Vorausgesetzt du übst dich gegenüber meinem Galeristen in Verschwiegenheit." Während Maximilian dies sagte, ging er zu einer der Atelierwände, holte das besagte Brückenbild und hielt es Bernd hin. Sozusagen als bildliche Bestätigung dafür, dass dieser Preis gerechtfertigt sei.

Bernd nickte anerkennend. Er war halt ein Mann der schnellen Entschlüsse. „Sagen wir 8.000 und ich kauf dafür noch ein zweites Werk von dem berühmten Künstler."

„So, so. An welches hattest du dabei gedacht? Etwa noch 'ne Brücke?"

„No! Eher das, welches auf dieser Staffelei unter der Abdeckung auf seine Entdeckung wartet." Bernd deutete auf das verhüllte Bild.

„Wie bitte? Hast du da drunter geschaut? Du weißt doch genau, dass das dem Künstler gegenüber eine Todsünde ist."

„Jetzt hab dich nicht so. Ich finde, du hast Dora wirklich super getroffen. Sieht klasse aus."

„Du kannst erkennen, dass es sich bei dem Bild um Dora handelt?", fragte Maximilian.

„Natürlich, wer soll das denn sonst sein?"

„Oh Gott. Das nächste Mal bringt mich Dora bestimmt langsam und qualvoll zu Tode."

„Auf irgendeine Weise müssen wir alle einmal sterben. Ich gebe dir 9.000 dafür. Was sagst du? Ich müsste die Gesamtsumme allerdings über eine gewisse Zeit abstottern. Ich bin zurzeit etwas klamm, erwarte aber im neuen Jahr einige Abschlüsse."

„Du kannst die Brücke für 8.000 haben. Die Bilder mit Dora werde ich allerdings definitiv verbrennen!"

*

Sie war sauer, richtig sauer! Was bildete sich Maximilian ein? Der hatte sie doch nicht mehr alle.

Kost war auf dem Weg zum Weihnachtsmarkt am Dom, um Stammfeld zu treffen. Sie wollten bei einem Glas Glühwein über die Mordfälle sprechen.

Der abendliche Anblick des weihnachtlichen Treibens vor der imposanten Kathedrale milderte ihre Wut ein wenig. Ihr Gefühl sagte ihr außerdem, dass sie Maximilian aus dem Kreis der Verdächtigen ausschließen konnte. Er war einfach nicht der Typ für einen Mord.

Stammfeld lehnte am verabredeten Glühweinstand und lächelte Kost gequält an. Sie begrüßten sich mit zwei Wangenküsschen und

Kost zündete sich einen Zigarillo an, was den Gesichtsausdruck ihrer Freundin noch quälender werden ließ.

„In deiner Situation solltest du diese Stinkedinger wirklich sein lassen", meinte Kosts Kollegin. „Möchtest du auch einen Becher Glühwein?"

„Wie schmeckt er denn dieses Jahr?"

„Wie all die anderen Jahre vorher auch, absolut ungenießbar."

„Dann bleibe ich bei Davidoff."

Kost betrachtete Stammfeld. „Wie geht es dir in dieser überaus besinnlichen Jahreszeit?"

„Überarbeitet, von den Vorgesetzten unverstanden, von den Freunden vernachlässigt, von der Verwandtschaft vergessen. Möchtest du sonst noch etwas wissen?"

Kost kannte diese Seelenverfassung ihrer Kollegin bereits. Das konnte nur bedeuten, dass sie bei ihren Fällen feststeckte.

„Du kommst bezüglich der Morde nicht so recht weiter, korrekt? "

„Wie kommst du denn auf die Idee? Wir haben bisher nur keine verwertbaren Spuren gefunden. Motive sind auch Mangelware. Außerdem ist ein Hauptverdächtiger vom Erdboden verschluckt worden."

„Kai Pfundt?"

„So ist es."

„Keine Spur bisher?"

„Nicht die Geringste. Keiner hat ihn gesehen oder weiß, wo er hinwollte, bevor er von der Bildfläche verschwand."

„Wie sicher seid ihr euch, dass Pfundt etwas mit Taus Tod zu tun hat?"

„Es gibt die besagte Verbindung zwischen den beiden. Das ist eine Tatsache und wirkt verdächtig. Noch verdächtiger ist, dass Pfundt seit Taus Ableben weg ist. Beides zusammen ließe den Schluss zu, dass Pfundt irgendwie involviert ist. Um das zu klären, müssen wir ihn aber erstmal finden. Die Fahndung läuft auf Hochtouren."

„Was ist mit dem Mord an Franz?"

„Nichts. Aber darüber haben wir bereits gesprochen. Ich wiederhole mich nur ungern."

„Also immer noch keine neuen Erkenntnisse?"

„Ja mach mich nur fertig. Du bist nicht die Erste und wirst auch nicht die Letzte sein. Vielen Dank!"

„Entschuldige. War nicht so gemeint. Aber gehäufte Todesfälle im Freundeskreis machen mich immer ganz nervös."

„Verstehe ich natürlich. Meinst du, es war jemand aus deinem Kreis der Weinfanatiker?"

„Eigentlich traue ich keinem von ihnen so etwas zu, auch Kai Pfundt nicht. Jeder ist auf seine Weise ein wenig andersartig, vielleicht sogar abgedreht. Aber Mord?"

„Du weißt, keine voreiligen Schlüsse", wies Stammfeld ihre Kollegin zurecht.

„Schon klar."

„Lass mich rekapitulieren. Eurem Weinclub gehören oder gehörten an: Theodor Franz, Kai Pfundt, Maximilian von Lofte, Paula Baumrot, Johannes und du."

„Du hast Bernd Haas vergessen."

„Richtig. Illustrer Kreis. Wer sind eigentlich die Gründungsmitglieder?"

„Johannes, Bernd, Kai und Theodor. Wir anderen sind erst dazugestoßen, nachdem ich Johannes kennengelernt hatte."

„Jemand sollte mal mit den Herren und der Dame unter vier Augen sprechen. Vielleicht zeigt sich irgendwo ein Motiv. Ich sag' es nicht gerne. Aber vielleicht übernimmst du diese, sagen wir mal, inoffizielle Erstbefragung. Du kennst den Kreis und bemerkst vielleicht

eher etwas im Verhalten der Herrschaften als ein Außenstehender."
„Ich dachte, ich wäre befangen."
„Genaugenommen bist du als Clubmitglied ebenfalls verdächtig." Stammfeld grinste. „Aber sei's drum, ich hab es mir anders überlegt. Außerdem bist du dann für eine Weile beschäftigt und nervst mich nicht."
Beide Frauen mussten lachen. Dann fragte Kost: „Machen wir noch einen Rundgang über den Markt? Ich wollte mal schauen, ob ich noch ein Geschenk für Johannes finde."
„Ich dachte immer, du lehnst diesen ganzen Weihnachtsrummel ab?"
„Na ja, weißt du, Johannes bedeutet das Fest sehr viel. Da will ich ihn nicht enttäuschen."
„Mit anderen Worten, du, die Frau, passt sich an."
„Nein, ganz und gar nicht. Ich will nur vorbereitet sein, falls Johannes ein Weihnachtspräsent für mich haben sollte. Als ebenbürtige Freundin sollte ich ihm dann auch etwas schenken. Meinst du nicht?"
„Klar, alles im Sinne der Gleichberechtigung und Frauenbewegung."
„Sonst sagen die Männer wieder: Typisch Frau, gibt sich nur mit dem Mann ab, um viele und teure Geschenke abzuräumen."
„Solchen Verleumdungen muss Frau natürlich, um Himmels willen, vorbeugen."

*

„Ich habe für morgen einen Tisch im Kulinarischen Treffpunkt gebucht, ansonsten schaffe ich es in diesem Jahr nicht mehr, Enis Restaurant zu besuchen." Johannes stand in seiner Küche am Herd und hantierte mit mehreren Pfannen, während er Dora über seine Pläne informierte.

Sie stand zwei Meter von ihm entfernt, mit einem Glas Riesling von Schloss Lieser in der Hand, und war in Gedanken woanders.

„Was hast du gerade gesagt?"

„Morgen gehen wir im Kulinarischen Treffpunkt essen. Ich muss noch eine Kritik über das Restaurant schreiben."

„Einen Tag vor Heiligabend? Ernsthaft? Das fehlt mir noch. Dann werde ich übermorgen mit Völlegefühl und Kopfschmerzen nicht aus dem Bett kommen."

„Zur Not gehe ich auch alleine", lenkte Johannes ein. „Aber aus beruflichen Gründen muss ich auf jeden Fall hin."

„Okay, ich überleg es mir. Aber mal was anderes. Traust du einem deiner Plonk-Freunde einen oder mehrere Morde zu?"

„Oh Gott, nicht das Thema schon wieder." Johannes stöhnte. „Ich kann es nicht mehr hören."

„Ich weiß. Aber ich habe heute mit Bettina gesprochen. Sie ist sich da nicht so sicher. Was ist zum Beispiel mit Kai?"

„Herzensgut!"

„Und Bernd?"

„Frommlamm!"

„Maximilian macht zuweilen einen durchgeknallten Eindruck."

„Schwachsinn!"

„Jetzt sei doch mal ernst. Das beschäftigt mich wirklich."

„Mich beschäftigt etwas ganz anderes, meine Liebe." Johannes schaute ihr direkt in die Augen.

„Was meinst du damit?", fragte Dora.

„Ich hatte heute ein interessantes Gespräch mit Paula. Wir haben uns zufällig bei Weihnachtseinkäufen in der Stadt getroffen."

„Ja und?"

„Sie fragte mich, was bei deiner Biopsie herausgekommen sei."

„Oh, Mist."

„Genau das habe ich auch gedacht. Und ich habe Paula gefragt, von welcher Biopsie sie da rede. Da hat sie gemerkt, dass sie sich schrecklich verplappert hat. Aber da war es schon raus. Deshalb hat sie mir dann alles erzählt."

„Und sie hat dich nicht gebeten, sie nicht zu verraten?"

„Ganz im Gegenteil. Sie meinte, ich, als dein Freund, sollte in dieser Sache aktiv auf dich zugehen. Sie meinte auch, du würdest deine Krebserkrankung in dich hineinfressen und damit die Angelegenheit nur verschlimmern."

„Johannes, du weißt doch, dass ich das lieber alleine mit mir ausmache. Außerdem, warum soll ich die Pferde scheu machen, wenn ich noch gar nicht weiß, was die Stunde geschlagen hat?"

„Tut mir leid, aber ich bin echt sauer. Diesmal bin ich der festen Überzeugung, dass ich ein Recht darauf habe, so etwas zu erfahren. Egal wie das Ergebnis aussehen wird."

„Johannes!" Dora wurde etwas lauter. „Wir sind nicht verheiratet."

„Würde das etwa einen Unterschied machen?"

„Ja! Und außerdem leben wir getrennt in verschiedenen Wohnungen, kennen uns noch nicht so lange. Du hast gar keine Rechte. Bilde dir das gar nicht erst ein."

„Jetzt reicht es!" Johannes wurde das erste Mal in ihrer Beziehung laut. „Du redest Müll. Und das weißt du genau. Mir ist durchaus klar, dass du dich in einer sehr schwierigen Situation befindest. Aber dafür sind Freunde da. Gemeinsam kann man diesen Mist, den das Leben gar nicht mal so selten für einen bereit hält, durchstehen."

Dora ging auf ihren Freund zu und schüttete ihm ihr halbvolles Glas Wein ins Gesicht. Sie sagte nichts. Johannes fuhr sich mit der Zunge über die Lippen, nahm ganz ruhig ein Geschirrtuch, wischte sich den Weißwein aus dem Gesicht und sagte: „Du weißt schon, dass das ein Großes Gewächs aus dem Wunderjahrgang 2009 war? Was ist eigentlich aus den guten alten Ohrfeigen geworden, wie man sie in den nostalgischen Filmen sieht?“

Das war zuviel für Dora. Ihr Gesicht verzog sich zu einem krampfartigen Lächeln. Tränen rannen ihr über beide Wangen.

Johannes legte das Geschirrtuch beiseite und nahm sie in die Arme. „Wann kriegst du denn die Ergebnisse?“

„Morgen Nachmittag.“ Dora schluchzte.

An diesem Abend passierte etwas, das Johannes in den letzten zwanzig Jahren nicht mehr passiert war: Seine Bratkartoffeln brannten an.

UNVERHOFFTE FLASCHENPOST

Die Aussprache hatte ihr gutgetan.

Sie redeten die halbe Nacht bei Wein und Kerzenschein und Kost fühlte sich in der Tat erleichtert. Allerdings hatte sie einen mittelschweren Kater, da sie am Vorabend nicht mehr dazu gekommen war, etwas zu essen.

Sie begab sich auf den Weg zu Haas. Sein Büro befand sich in einer alten Villa in der Südstadt. Seine Sekretärin hatte ihr verraten, dass er um diese Zeit da sei.

Er begrüßte sie mit einem freundlichen Lächeln. Seinem Vertreterlächeln, wie Kost es Johannes gegenüber nannte. Sie konnte sich nicht vorstellen, dass Haas jemals einen anderen Gesichtsausdruck ausprobiert hatte.

„Schön dich zu sehen, Dora. Möchtest du dich endlich vernünftig versichern lassen?"

Haas lachte über seinen eigenen Witz und bat seine Assistentin, zwei Kaffee zu bringen. Sie setzten sich auf zwei edle Ledersessel, die in einer Ecke des Büros um einen kleinen Couchtisch gruppiert waren.

„Bernd, du weißt doch, dass ich mit meiner Vorerkrankung nicht mehr versicherbar bin", stellte Kost klar.

„Lass mich mal machen."

„Im Ernst, Bernd. Ich bin wegen einer anderen Angelegenheit hier."

„Warum so förmlich, Dora? Ich hoffe, es ist nichts Unerfreuliches."

Kost kam gleich zur Sache. „Wie man es nimmt. Wir haben zwei gewaltsame Tode in Köln und einen Vermissten."

„Du sprichst von Theo und Kai?"

„Und von einem gewissen Stefan Tau. Kanntest du ihn?"

„Der Name sagt mir nichts."

„Tau war ein ehemaliger Mieter von Kai. Ist dann aber auf der Straße gelandet. Vielleicht hast du mal mit Kai über ihn gesprochen. Diese Mietsache muss Kai beschäftigt haben und vielleicht hat er sich Rat bei seinen Freunden aus dem Plonk-Club geholt."

Haas schüttelte langsam den Kopf. „Nein, tut mir leid. Da klingelt gar nichts. Vielleicht hat er tatsächlich mit mir über diesen Menschen gesprochen, aber ich kann mich nicht mehr daran erinnern."

„Na schön. Was hältst du denn von Kais Verschwinden?"

„Langsam finde ich das komisch. Ich habe mehrfach versucht, ihn auf seinem Smartphone zu erreichen. Ich kriege aber immer nur die Mailbox dran."

„Meine Kollegen haben sein Handy in seinem Haus gefunden. Er hat es also gar nicht dabei."

„Das glaube ich nicht. Ohne sein Handy geht Kai nicht aus dem Haus." Haas runzelte die Stirn.

„Die Polizei ist der Auffassung, dass Kai auf der Flucht ist."

„Das halte ich für sehr weit hergeholt, oder?"

„Dennoch ist es eine mögliche Erklärung. Sei mal ganz ehrlich, kann Kai gewalttätig werden? Traust du ihm das zu?", fragte Kost.

„Du weißt doch, Kai ist ein Energiebündel und unglaublich aktiv. Aber letztlich ruht er in sich selbst. Er beherrscht sich zu einhundert Prozent."

„War das denn schon immer so?", insistierte Kost.

„Okay, in seiner Jugend war er ganz schön wild. Er hat einem

Typen mal den Kiefer gebrochen. Aber das ist mindestens zwanzig Jahre her."

„Wie kam es dazu?"

„Der Typ hatte Kai bei einer Weinprobe im Hyatt angerempelt. Kai war sternhagelvoll. Der andere, glaube ich, auch. Da kann so was schon mal passieren. Das Dumme war nur, dass Kai den ersten Petrus seines Lebens im Glas hatte, der nun den Teppichboden zierte. Kai hatte ein Vermögen für das Glas Wein bezahlt und ohne etwas zu sagen, haute er den Kerl einfach um."

„Woher weißt du das?" Kost wurde hellhörig.

„Ich war dabei. Wir sind seit der Schule miteinander befreundet."

„Kam es zu einer Anzeige?"

„Soweit ich mich erinnere, nein. Kai hat sich mit dem Typen außergerichtlich geeinigt, meine ich."

„Weißt du noch, wie der andere Mann hieß?"

„Um Gottes willen, keine Ahnung. Das ist Ewigkeiten her."

„Du hast diesen Mann auch später nie mehr getroffen?"

Haas strich sich über die Haare. „Nicht das ich wüsste. Aber da fällt mir gerade etwas ein. Der Typ war mit einer Gruppe von Weinhändlern im Hotel. Die haben sich um ihn gekümmert, als Kai ihn weggehauen hatte."

Kost kam eine Idee: „Hieß der Mann vielleicht Krawald?"

„Du meinst diesen Weinhändler, über den wir im Wasserturm gesprochen haben?", fragte Haas.

„Richtig. Kai sagte, er kenne ihn flüchtig."

„Wow, hast du ein Gedächtnis. Also mein Gedächtnis ist leider deutlich schlechter. Ich kann dir das wirklich nicht mehr sagen." Haas kratzte sich am Hals.

„Würdest du dich an sein Gesicht erinnern, wenn du ihn siehst? Ich könnte versuchen, ein Foto zu besorgen."

„Also das glaube ich nicht. Ich kann diese Erinnerung nicht mehr abrufen." Haas machte mit seiner Hand eine vage Bewegung.

„Aber so eine Schlägerei ist doch ein einschneidendes Erlebnis." Kost blieb hartnäckig.

„Wie man es nimmt. Es ging alles sehr schnell und ist lange her. Ich glaube, ich kann dir da leider nicht helfen. Du weißt doch..." Haas zog bedeutungsvoll die Augenbrauen hoch und breitete seine Arme aus. „Das Alter!"

*

Die geschwollene Wange hatte Maximilian verraten.

Ihr Freund war gezwungen gewesen, ihr alles, aber auch wirklich alles zu erzählen. Sie hatte ihn daraufhin spüren lassen, wie groß seine Dummheit gewesen war.

Auch wenn seine Absichten nachvollziehbar waren, hatte er sich wie ein Riesentrottel aufgeführt, allerdings wie ein liebenswerter Riesentrottel.

Paula war mit Dora an der Bar des Kölschen Fumoirs verabredet. Sie wollten zusammen eine Partagas rauchen, bevor Dora die Biopsie-Ergebnisse bekam.

Als Paula die Kellerlounge betrat, saß Dora bereits in einem der gemütlichen Ledersessel, nippte an ihrem Espresso und telefonierte mit ihrem Handy.

Sowie sie Paula kommen sah, beendete sie das Gespräch und begrüßte ihre Freundin. „Hey! Das war Dieter. Er lässt dich grüßen."

„Grüß dich auch", erwiderte Paula. „Ist er immer noch in dich verknallt?" Sie hatte beschlossen, ihr Gespräch mit Johannes über Doras Biopsie unerwähnt zu lassen. *Das müssen die beiden untereinander klären,* dachte sie.

Dora machte ebenfalls keine Anstalten, Paulas Indiskretion anzusprechen. Stattdessen antwortete sie: „Keine Ahnung. Zurzeit recherchiert er für mich."

„Im Zusammenhang mit Theos Tod?"

„Ganz recht."

„Und? Gibt es was Neues?" Paula bestellte ebenfalls einen Espresso und zwei Palmas Grandes.

„Dieter ist bei seinen Nachforschungen im Umfeld von Theos Kunden auf eine sehr interessante Tatsache gestoßen, die dich sicher interessieren wird."

„Schon verstanden, Dora. Auf Maximilians Konto herrschte bis vor kurzem Ebbe und schuld daran war nicht zuletzt Theos Anlageempfehlung. Das wissen wir doch nun inzwischen alle."

„Richtig", bestätigte Dora mit einem verschmitzten Lächeln. „Aber es gab noch jemand anderen, der wegen Theo auf das falsche Pferd gesetzt hatte."

„Jetzt spann mich nicht so auf die Folter. Wer denn? Kenne ich ihn?"

Der Kaffee und die Zigarren kamen.

Genüsslich schnitt Dora das elegante Ding an und brauchte ein wenig länger als sonst, um sie in Brand zu setzen. Paula blieb nichts anderes übrig, als es ihr gleich zu tun. Dora wollte diesen Augenblick offensichtlich voll auskosten.

Als die Partagas begann, gleichförmig abzubrennen, nahm Dora einen kräftigen Zug, trank noch einen Schluck Kaffee und fuhr fort: „Wusstest du, dass Theo Markus Daun in Anlagedingen beraten hat?"

„Nun ja. Ich glaube, Maximilian hat Daun Theo empfohlen. Ich war dabei, als die beiden in der Galerie darüber sprachen. Aber sag bloß, Daun hat auch Geld verloren?"

„Scheint so. Er hat 70.000 Euro mit Aktien in den Sand gesetzt."

„Nicht schlecht. Ich frage mich nur, woher Dieter diese Informationen hat? Das zählt doch nun wirklich nicht zum Allgemeinwissen."

„Glaub mir, das möchten weder du noch ich wissen. Dieser Neurotiker hat sehr dubiose Quellen." Dora blies den Rauch aus. „Auf jeden Fall hat der Galerist damit ein Motiv. 70.000 sind nun mal kein Pappenstiel. Außerdem ist er jetzt knapp bei Kasse. Dieter erzählte mir, dass Daun deswegen auf Teufel komm raus versucht, Bilder eines Künstlers namens Patrick Calon zu verhökern."

„Nie von ihm gehört."

„Kann ich verstehen. Der Name ist falsch. Es existiert kein Patrick Calon. Hinter dem Namen verbirgt sich Markus Daun selbst. Er hat die Bilder unter diesem Pseudonym gemalt. Jetzt versucht er, sie vorrangig zu verkaufen, weil er den Kaufpreis nicht zwischen sich und einem anderen Künstler, den er lediglich als Galerist vertritt, aufteilen muss."

„Man, das muss ich Maximilian erzählen. Das glaubt der mir nie. Jetzt ist klar, warum Maximilian keinen Vorschuss bekommen hat. Daun hat das Geld einfach nicht."

„Das heißt, Maximilian hat mit dir über seine Situation gesprochen?", fragte Dora.

„Ja, auch darüber, warum er wie ein Boxer aussieht, der in der ersten Runde ausgeknockt wurde. Er hat halt den kategorischen Imperativ missachtet. Das musste bestraft werden."

Sie lachten. Dann sagte Dora: „Richte Maximilian bitte aus, dass ich ihm verzeihe. Er steht aber bis auf weiteres unter polizeilicher Beobachtung. Er darf sich also nichts mehr zu Schulden kommen lassen. Dass das klar ist."

*

Bernd wartete bereits auf sie im Pinotage. Er hatte ein Glas Weißwein vor sich stehen. Sie küssten sich flüchtig, er half Elke aus dem Mantel und sie setzten sich an einen Tisch am Fenster.

„Was möchtest du trinken, Schatz?“, fragte Bernd.

„Ich nehme einen frischen Riesling“, antwortete Elke und wunderte sich über die Anrede. Sie waren doch längst noch kein Paar.

„Der Chardonnay, den ich gerade trinke, ist auch sehr zu empfehlen.“

„Okay, wenn du meinst, trinke ich halt Chardonnay.“

Elke wirkte irgendwie abwesend. Also versuchte Bernd sie zu einem Gespräch zu bewegen. Ihm fiel aber nichts Besseres ein, als zu fragen: „Steht inzwischen fest, wann Theos Beerdigung sein wird?“

„Ja. Zwei Tage nach Weihnachten. Ich habe heute mit der Polizei gesprochen.“

„Organisierst *du* etwa das Begräbnis?“

„Theo hatte im Prinzip keine engen Verwandten mehr, die sich darum kümmern könnten. Seine Freunde übernehmen das und ich habe angeboten, bei den Vorbereitungen behilflich zu sein. Mit dem Bestattungsunternehmen habe ich schon gesprochen. Bist du nicht auch involviert?“

„Ich muss gestehen, nein. Aber ich finde es bewundernswert von dir, dich so einzubringen, obwohl ihr schon so lange geschieden seid.“

„Ich habe das Gefühl, dass ich ihm das schuldig bin.“ Elke schaute traurig auf ihre Hände.

„Ich finde, dass das ein sehr feiner Zug von dir ist.“

„Na ja, wie man es nimmt.“

„Sei nicht so bescheiden. Nun lass uns aber mal überlegen, was wir essen sollen.“

Bernd klappte die Speisekarte auf.

„Du, ich habe keinen Appetit."

„Ich lade dich ein. Vielleicht eine Vorspeise?"

„Nein wirklich nicht. Ich möchte mit dir über uns sprechen."

„Wie meinst du das?" Bernd wurde unruhig.

„Wir haben einen Fehler gemacht." Elke schaute Bernd direkt in die Augen.

„Das finde ich aber nicht. Das passt doch ganz prima mit uns." Bernd schwitzte.

„Tut mir leid Bernd. Nach reiflicher Überlegung bin ich zu dem Schluss gelangt, dass ich nicht mit dir hätte schlafen dürfen. Theos Tod hat uns beide sehr getroffen und wir beide suchten Trost. Das ist, denke ich, nur verständlich. Aber es ist keine Grundlage für eine Beziehung."

„Aber sicher ist es das!", stotterte Bernd. „Wir sind uns seit Jahren sympathisch und haben uns nun wiedergefunden. Zugegeben, der Anlass ist sehr traurig. Aber das sollte kein Grund sein, unsere Liebe zueinander zu verleugnen."

„Es ist eine tiefe Freundschaft, Bernd. Aber keine Liebe. Zumindest nicht von meiner Seite. Sicher verletze ich dich damit. Aber in einer Freundschaft sollte man ehrlich zueinander sein."

„Willst du nicht noch einmal darüber nachdenken? Du befindest dich in einer emotionalen Krise. Da kann man nicht rational denken."

„Ich bin mir sicher", sagte Elke bestimmt.

„Mir ist klar", sprach Bernd weiter, als hätte er Elkes Erwiderung nicht gehört, „dass ich nicht die beste Partie bin. Das Maklergeschäft läuft schleppend. Ich lebe mehr oder weniger von meinem Ersparten. Aber es kommen bestimmt bessere Zeiten. Die Finanzkrise wird irgendwann Geschichte sein. Außerdem zählen zwischen uns andere Dinge oder nicht? Bitte überleg dir das nochmal."

Elke trank ihr Glas aus, stellte es langsam auf den Tisch. Ruhig sagte sie: „Es macht keinen Sinn. Ich hoffe, wir bleiben Freunde. Verzeih mir bitte."

Sie stand auf, nahm ihren Mantel und verließ das Restaurant.

Bernd blieb wie versteinert zurück.

*

Sie stapfte durch den Schnee. Weiße Weihnachten lag im Bereich des Möglichen. Und natürlich herrschte in Köln das totale Verkehrschaos. Die meisten Autofahrer waren immer noch der Meinung, ohne Winterreifen auskommen zu können, und die KVB ging offensichtlich immer noch davon aus, dass der Winter als Jahreszeit für Köln nicht in Betracht kam.

Die Folge waren verstopfte Straßen, mit liegengebliebenen Autos und Straßenbahnen, die angesichts Kälte und Schnee ihren Dienst versagten. Und das alles zur Weihnachtszeit. Da kam richtig wohlige Stimmung auf.

Kost war total abgenervt.

Sie hatte im Krankenhaus wegen der Biopsieergebnisse angerufen. Dort sagte man ihr allerdings, dass diese noch nicht vorlagen. Sie sollte in zwei Stunden nochmals nachfragen.

Sie steckte sich im Gehen einen Zigarillo von Partagas an.

War jetzt auch egal. Kost bemerkte, dass sich ein junger attraktiver Mann nach ihr umdrehte. Er schaute weder auf ihre Beine noch auf ihren Busen. Er sah ihr direkt ins Gesicht, genauer gesagt auf den Zigarillo in ihrem Mundwinkel. Als er bemerkte, dass Kost ihn ebenfalls anstarrte, drehte er sich mit einem angewiderten Gesichtsausdruck weg. Zigarre rauchende Frauen waren offensichtlich nicht sein Ding.

Kost nahm den Druck ihrer linken Brustprothese deutlicher wahr als sonst. Am liebsten hätte sie sie aus dem BH genommen und in den nächstbesten Mülleimer am Straßenrand geworfen. Am besten vor den Augen des jungen Mannes. Aber man war ja gut erzogen.

Sie befand sich auf dem Kaiser-Wilhelm-Ring und ging Richtung Saturn. Sie wollte noch eine DVD für Johannes als Weihnachtsgeschenk besorgen. „Sideways" war ein Film über einen amerikanischen Loser, der für sein Leben gern Pinot Noir trank. Ihr Freund würde die Story bestimmt lieben. Hoffentlich. Denn immer noch hingen die Ereignisse der letzten Tage über diesem Weihnachtsfest wie eine dunkle Schneewolke vor einem schweren Schneesturm.

Verdächtige gab es genug. Im schlimmsten Fall hatte der Plonk Club etwas mit den Toten zu tun, auch wenn dies mit dem Mord an Tau nicht zusammenpasste.

Steckte vielleicht Krawald in der Sache mit drin?

Sie müsste unbedingt noch einmal mit dem Weinhändler sprechen.

Maximilian und dieser Markus Daun hatten wegen Theo viel Geld verloren. Das war sicher ein gutes Motiv.

Der Fall war überaus verwirrend.

Außerdem, wie passte Kais Verschwinden in diese Geschichte?

Viele lose Enden und keine harten Fakten. Es war zum Verzweifeln.

Kost wunderte sich plötzlich, dass sie an keinem weiteren Weihnachtsmarkt vorbeigekommen war, wo diese doch überall in der Stadt wie Pilze aus dem Boden schossen. Sie befand sich augenscheinlich in einer weihnachtsmarktfreien Zone.

Was für merkwürdige Sachen mir durch den Kopf gehen, dachte Kost.

Und das Schneegestöber nahm zu.

*

Er stand in einem großen Handelshaus und trank Glühweine. Sein Verlag hatte ihn darum gebeten, das beste Gebräu unter der Vielzahl der Angebote zu finden und seinen Lesern zu empfehlen.

Montus hasste diese Pflichtaufgaben. Vier Glühweine hatte er bereits getestet, aber bislang war keins dieser beliebten Weihnachtsgetränke über eine Bewertung von null Punkten hinausgekommen. Mit anderen Worten, dieses Gesöff schmeckte mehr als absonderlich.

Er konnte ohnehin nicht verstehen, warum er so kurz vor Heiligabend noch etwas über ein Getränk veröffentlichen sollte, das seine Daseinsberechtigung schon so bald wieder verlieren würde. Er vermutete daher, dass es sich um reine Schikane seines Redakteurs handeln musste. Das war seine Art, Montus alles Gute zu den bevorstehenden Festtagen zu wünschen.

Also stand er an seinem Glühweinstand und versuchte, jeden Schluck so schnell wie möglich wieder auszuspucken, nachdem er die nächste Enttäuschung erlebt hatte. Dabei dachte er an das bevorstehende Abendessen mit Dora im Kulinarischen Treffpunkt. Dieser Gedanke hielt ihn aufrecht.

Mit einem Mal stand Elke vor ihm. Nicht nur er war erstaunt.

„Was machst du denn in diesem Einkaufszentrum, Johannes? Ein berühmter Tester wie du gibt sich mit profanem Glühwein ab?“ Elke lachte verschmitzt.

„Ein genialer Einfall meines Vorgesetzten. Er will mich kurz vor den Festtagen noch ein bisschen quälen. Was treibt dich in diese Hallen?“

„Ich möchte eine Flasche Champagner. Ich werde noch bis nach Weihnachten in Köln im Hotel bleiben.“

„Um Himmels willen! Feierst du dort etwa allein? Ich dachte, du wärst bei Bernd eingeladen. Hast du das nicht erzählt, als du bei uns warst?“

„Hat sich zerschlagen."

„Tut mir leid. Soll ich weiterfragen?"

„Lass es. Ist nicht so wichtig."

„Aber alleine im Hotel, das geht ja gar nicht."

„Komm jetzt bloß nicht auf die Idee, mich einzuladen. Dora wäre das bestimmt nicht recht."

„Wie kommst du denn auf diese Idee?"

„Du siehst so aus. Aber glaube mir, ich komme gut alleine zurecht."

„Davon bin ich überzeugt. Dennoch würde sich bestimmt auch Dora über deinen Besuch freuen. Vielleicht am zweiten Feiertag?"

„Ich weiß nicht recht. Ich glaube, im Moment bin ich nicht besonders gesellschaftsfähig."

„Pass auf. Ich mache dir einen Vorschlag. Ich bin gleich hier fertig. Dann begleitest du mich zu meiner Wohnung. Ich koche dir einen schönen Kaffee und wir warten auf Dora. Sie und ich wollen heute Abend zusammen essen gehen. Außerdem kann ich dir dann auch was Vernünftiges zu Trinken für deine Hotelsuite mitgeben. Ein bisschen Wein und Champagner. Du wirst es nicht glauben, aber da gibt es große Unterschiede. Wenn der Champagner hier so schmeckt wie der Glühwein, kann ich dir nur empfehlen, mitzukommen. Ansonsten läufst du Gefahr, die Festtage mit Magenverstimmung im Hotelbett zuzubringen. Und das kann ich keinesfalls verantworten."

*

Grands-Echézeaux 1988 prangte nun unter dem La Tache 1962 in schwarzen Lettern auf seiner Brust. Die Tätowierung war ein vorweihnachtliches Geschenk, das er sich selbst gemacht hatte. Sie war ein Teil des Kunstwerks, das er an sich selbst ausgestaltete.

Seine Weine gingen im sprichwörtlich unter die Haut.

Bei seinen Geschäften musste er äußerst seriös rüberkommen und den Anschein erwecken, fachkundig und korrekt zu sein. Und er wusste, dass er so auf seine Kunden wirkte. Sein äußeres Erscheinungsbild war tadellos. Niemand traute ihm das zu, was er getan hatte und was er noch gedachte zu tun. Die Illusion, die er erzeugte war genial. Und gleichzeitig stand sein nächster Schachzug bevor.

Er hatte sich umgezogen. Weißes Hemd, dunkelblauer Anzug, blaue Krawatte mit gelben Sternen. Schwarze Socken und schwarze, handgemachte Schuhe aus England. Sein Outfit passte zum Anlass. Nichts und niemand würde ihn aufhalten können. Er war Herr seines Schicksals. Deshalb würde er diesmal nicht nur mit einem Kellnermesser bewaffnet losziehen. Er hatte den alten Armeerevolver seines Vaters gereinigt und geladen. Sechs Schuss von tödlichster Wirkung. Er war vorbereitet und sehr sicher, dass es Tote geben würde. Zumindest ein Toter war fest eingeplant.

*

Dora machte ihr Sorgen. Sie rauchte zu viel. Das war Doras Art mit ihrer Erkrankung umzugehen. Die Ärztin in ihr fand das gar nicht gut. Aber was sollte Paula machen? Dora hatte schon immer ihren sehr eigenen Kopf.

Doras Eltern lebten nach der kürzlich erfolgten Pensionierung des Vaters die meiste Zeit des Jahres in Südtirol und hatten kein Auge mehr auf ihre Tochter.

Auch Johannes schien kaum Einfluss auf Dora zu haben. Außerdem war er als Genussmensch nicht gerade der Richtige, um ihre Freundin zu mäßigen.

Paula überlegte, welche Überlebenschancen sie der Beziehung mit Johannes einräumen sollte. Auf der einen Seite stand ein selbstverliebter, absoluter Gourmet, extremistisch in seinen Ansichten, was Essen und Trinken anbelangte, kaum andere Prioritäten kennend.

Auf der anderen Seite Dora, immer für Hausmannskost zu haben, ihren Beruf liebend und häufig selbstverleugnend, was ihren eigenen Körper betraf.

Gegensätze ziehen sich zwar häufig an, aber ob das in diesem Fall klappen würde, bezweifelte Paula doch sehr. Sie konnte sich, bei aller Liebe, die beiden nicht als Hochzeitspaar vorstellen. Außerdem war Johannes geschieden und von daher ohnehin vorgeschädigt. Andererseits war Paula vielleicht nur zu überkritisch. Gegebenenfalls brauchten sich Dora und Johannes gegenseitig, wussten das nur noch nicht. Es würde Zeit brauchen.

Die Frage war nur, ob sie diese hätten. Allerdings hatte schon Solon, einer der sieben weisen Vorsokratiker gesagt: „Freunde erwirb nicht rasch; die du aber erworben hast, verwirf nicht rasch."

*

Er machte sich auf den Weg zu Montus. Er wollte mit ihm über Elke sprechen.

Sie hatte ihm eine deftige Abfuhr erteilt, mit der er nicht gerechnet hatte. Es war wie ein Schlag mit dem Vorschlaghammer gegen seine Stirn gewesen. Zunächst war er benommen gewesen, wie ein angezählter Boxer, doch nun hatte sich Haas von diesem Schock erholt. Er glaubte, sachlich mit jemanden darüber sprechen zu können.

Haas fuhr auf gut Glück los. Er ging davon aus, dass Montus um diese Zeit, am Nachmittag vor Heiligabend, zu Hause war und

Vorbereitungen für das Festessen machte. Montus war schließlich ein Perfektionist. Er würde ihn sicher antreffen.

In letzter Zeit dachte Hass viel über seine Existenz nach. Er stand in der Mitte seines Lebens und hatte eingesehen, dass er einiges ändern musste. Die Beziehung zu Elke wäre ein guter Schritt in die richtige Richtung gewesen. Er verstand nicht, was da schief gelaufen war.

Sie war definitiv die Richtige für ihn und er der passende Partner für sie. Theos Tod konnte bei Elkes Entscheidung keine Rolle spielen. Er und Elke waren schon zu lange geschieden. Hatte Elke jemand anders kennengelernt? War das die Erklärung für ihre plötzliche Abkehr? Nein, das konnte er sich nicht vorstellen. Es musste etwas anderes sein. Mal sehen, was Johannes dazu sagte. Sein Rat war ihm sehr wichtig.

*

Das Weihnachtsgeschäft lief verhältnismäßig gut. Besonders Weine im mittelpreisigen Segment waren in diesem Jahr gefragt. Zu diesem Zweck hatte er einige nicht zu teure Spätburgunder von der Ahr und aus Baden im Angebot, die preislich zwischen 8 und 15 Euro lagen. Und seinem Verkaufsgeschick war es zu verdanken, dass er die Weine aus dem Jahrgang 2016 beinahe komplett verkauft hatte.

Krawald lief durch seinen Keller und überprüfte die Bestände. Eine Aushilfe, ein pensionierter Winzer von der Mosel, vertrat ihn oben im Laden.

Krawald gingen nicht nur seine Verkaufszahlen durch den Kopf. Das Gespräch mit Daun bereitete ihm Sorgen. Er konnte nicht sagen, warum. Aber er war zutiefst verunsichert von der Weinprobe zurückgekommen.

Zwar kannte er derartige Gefühle, denn seit seiner Jugend war er ein ängstlicher Typ gewesen. Er neigte zur Melancholie und schweren Grübelei. Das war auch der Grund gewesen, warum er sich als Weinhändler selbstständig gemacht hatte. Er wollte sein eigener Herr sein. Doch auch dieser Umstand hatte ihn nicht immer vor Krisen bewahrt.

Insbesondere die Auseinandersetzungen mit nicht zahlungswilligen Kunden kosteten ihn viel Kraft und Nerven. Am liebsten hielt er sich hier unten in seinem Keller auf, zusammen mit seinen Schätzen, die ihm alles gaben, was er brauchte. Sie sprachen zu ihm, ohne ihn aufzuregen. Sicher war er von dem einen oder anderen schon mal enttäuscht. Aber dann nahm er halt eine andere Flasche und spülte den schlechten Geschmack des Vorgängers einfach herunter. Der Wein war immer sein stiller Begleiter gewesen und würde es auch immer bleiben. Für Heiligabend hatte er sich einen Grands-Echézeaux von 1988 besorgt. Er freute sich auf diesen Freund, den einzigen, mit dem er das Fest begehen wollte. Und jeder, der eventuell beabsichtigte, ihn von diesem Treffen abzuhalten, würde es bitter bereuen. Auch, wenn es sich bei der Betreffenden um eine Kommissarin handeln sollte.

*

Seine Galerie kam ihm leer und verlassen vor. Sie war am Vorabend der Feiertage ein Ort der Ödnis und Trauer.

Er hatte nichts verkauft. Kein einziges Exponat. Weder seine eigenen Bilder noch die Werke der anderen Künstler hatten sich im Rahmen des Weihnachtsgeschäfts absetzen lassen.

Es war zum Mäusemelken. Die Menschen schenkten lieber Flachbildfernseher und Spielkonsolen als Schönheit und Ewigkeit, die sich in Kunstwerken widerspiegelten. Das Geld wurde für Dinge ausgegeben, die nach kurzer Zeit veraltet waren und ausgetauscht werden mussten. Das Beständige und Unvergängliche der Kunst war völlig aus der Mode gekommen. Und somit unverkäuflich.

Daun war am Boden zerstört. Er saß auf seinen Schulden und hatte keine Vorstellung, wie es im neuen Jahr weitergehen sollte. Sein selbstbewusstes Auftreten war zur hohlen Fassade verkommen, sein Leben eine Lüge.

Es wurde Zeit für Daun, Bilanz zu ziehen. Er war mit seinen Ideen und Vorstellungen baden gegangen. Er war am Dasein, der bloßen Existenz gescheitert. Und er wusste das. Er konnte sich nicht mehr selbst betrügen.

Menschen wie der reiche Graf Polta, der berühmte Johannes Montus oder selbst dieser Krawald, der sein Hobby zum Beruf gemacht hatte, hatten es geschafft. Sie waren, jeder auf seine Art, erfolgreich.

Nur er stand vor den Ruinen seiner Arbeit. Selbst von Lofte hatte mehr im Leben erreicht als er. Daun wurde übel. Er musste an die frische Luft. Viel zu tun blieb ihm nicht mehr.

*

Sie war zu Hause angelangt und suchte das Telefon, um in der Klinik wegen der Untersuchungsergebnisse anzurufen. Doch das Klingeln ihres Handys hielt Kost davon ab.

Es war Stammfeld. Nach einer kurzen Begrüßung sagte sie: „Als ich nach unserem Treffen in mein Büro zurückkam, lag ein Bericht auf meinem Schreibtisch. Man hat Pfundts Wagen gefunden."

„Wo?", fragte Kost.

„Er war am Hauptbahnhof abgestellt. Er stand auf einem Parkplatz, der eigentlich für die Mietwagen der Bahn vorgesehen ist. Deshalb wurde er relativ schnell entdeckt."

„Schnell?" Kost schnaubte.

Ohne auf Kosts Nachfrage einzugehen fuhr Stammfeld fort: „Er war verschlossen und unbeschädigt. Die Experten untersuchen ihn im Moment. Aber von Pfundt haben wir keine Spur gefunden. Vermutlich hat er ihn dort abgestellt, um unerkannt mit dem Zug das Land zu verlassen oder irgendwo in Deutschland unterzutauchen. Wir überprüfen die Überwachungskameras an den Bahnhöfen."

„Also Ermittlung nach dem Lehrbuch", stellte Kost fest.

„Mehr haben wir zurzeit nicht. Ich halte dich auf dem Laufenden, wenn ich noch was Interessantes erfahren sollte."

Stammfeld hielt das Gespräch damit wohl für beendet. Doch Kost hatte ein komisches Gefühl. „Halt! Leg noch nicht auf, Bettina. Gibt es irgendwelche Informationen, die du mir vorenthältst? Ich habe in den letzten Tagen das merkwürdige Gefühl im Bauch, dass du mir nicht alles gesagt hast."

„Dora, du bist aktuell nicht im Dienst. Ich darf dir nicht alles sagen. Das verstößt gegen die Dienstvorschriften. Das weißt du so gut wie ich."

„Aber wir sind doch Freundinnen und ich kann schweigen wir ein Grab", versicherte Kost.

„Tut mir leid. Wir haben einige Informationen weder an die Presse noch an dich weitergegeben, weil es sich dabei um Täterwissen handelt. Ich kann dir nicht helfen."

„Um welche Art von Wissen handelt es sich denn? Kannst du mir das zumindest andeuten?"

„Okay, nur eine Sache: Es ist bekannt, dass Franz mit einer Weinflasche erschlagen wurde. Aber eine Information hat die Öffentlichkeit nicht erfahren."

„Und welche ist das?"

„Mit was für einer Flasche Wein er getötet wurde. Das weiß im Zweifel nur der Täter, wenn er, wie wir hoffen, darauf geachtet hat. Wenn wir allerdings Pech haben, hat sich der Mörder nur eine x-beliebige Flasche gegriffen und zugeschlagen."

„Um Gottes willen! Das darf einfach nicht wahr sein", stieß Kost entsetzt aus.

*

Es lief ein Jazzstück von Coltrane.

Er hatte einen hervorragenden Kaffee gemacht.

Sie saß mit der dampfenden Tasse in seiner Küche, während Johannes begonnen hatte, Teile seines für morgen geplantes Festessen vorzubereiten.

„Wie ist es so als Gourmetkritiker zu arbeiten?", fragte Elke.

„Macht Spaß, ist aber schlecht für Cholesterinspiegel und Gewichtskontrolle", antwortete Johannes.

„Welches Restaurant hast du noch nicht getestet, würdest aber gerne mal hingehen?"

„Oh, das ist eine nicht so einfach zu beantwortende Frage, denn das hängt von der Stimmung ab, in der ich mich gerade befinde. Natürlich würde ich gerne mal in Kalifornien in der French Laundry von Thomas Keller essen. Wäre bestimmt interessant. Oder im Noma in Kopenhagen. Aber ganz sicher gibt es auch in Italien, Spanien oder Deutschland ganz hervorragende kleine Osterien, Tapasbars oder Restaurants, die ein Geheimtipp sind und in denen man ebenfalls großartig tafeln kann."

„Hört sich gut an. Du musst mich unbedingt mal mitnehmen. Auch ich liebe gutes Essen."

Johannes drehte sich zu Elke. „Du flirtest doch nicht mit mir?“

„Oh, das war nicht meine Absicht. Ich bin im Moment etwas durch den Wind und sende offensichtlich ständig die falschen Signale aus.“

„Verständlich.“ Johannes wechselte das Thema. „Hast du eigentlich eine Theorie, wer Theos Mörder sein könnte?“

„Nicht die Geringste. Wahrscheinlich ein Verrückter. Theo hat doch keiner Fliege etwas zuleide getan.“

„Kann schon sein. Dennoch war jemand auf ihn sauer.“

Es klingelte an der Tür. Johannes ging zur Gegensprechanlage. Schmitz meldete sich: „Hier sind Dieter und Maximilian. Wir suchen Dora. Können wir raufkommen?“

Montus drückte den Türöffner und keine drei Minuten später betraten die beiden Männer Montus Wohnung.

„Wir haben uns zufällig vor deiner Tür getroffen“, erläuterte Schmitz beim Eintreten.

„Ihr sucht Dora?“, fragte Montus.

„Ich müsste mit ihr etwas Persönliches bereden, was ich nicht am Telefon tun wollte“, sagte von Lofte. „Ich weiß von Paula, dass sie heute zu dir kommt.“

„Und das bedarf keines Aufschubs?“, fragte Montus.

„Es geht um eine Entschuldigung.“ Von Lofte wirkte zerknirscht.

„Und ich wollte Dora noch einige Unterlagen und Notizen zustecken, die ich für die Lady gesammelt habe. Ich dachte, sie möchte diese noch vor den Festtagen haben, um sie zu sichten.“

„Na dann. Dora müsste gleich kommen. Macht es euch bequem. Ich mache euch einen Kaffee“, entgegnete Montus.

In diesem Moment klingelte es erneut an der Haustür.

*

Sie saß in der Straßenbahn auf dem Weg zu Johannes.

Das Gespräch mit Bettina war erschreckend aufschlussreich gewesen. Und es hatte sie einige Mühe gekostet, Bettina davon zu überzeugen, dass ihr Aufschrei ein Ausdruck ihrer Entrüstung gewesen war. Ihrer Entrüstung darüber, dass ihre Kollegin ihr solche Informationen vorenthalten hatte.

Bettina hatte ihr das nicht abgenommen, doch Kost konnte ihr nichts von ihrem Verdacht erzählen. Sie wollte sich erst selbst Klarheit verschaffen. Zu ungeheuerlich waren die möglichen Konsequenzen.

Aufgrund des Schneefalls bewegte sich die Stadtbahn der KVB am heutigen Tag besonders langsam. Kost konnte ihre Ungeduld kaum zügeln. Außerdem musste sie am Rudolfplatz noch umsteigen, um zu Johannes Wohnung am Ebertplatz zu gelangen.

Theos Tod hatte, wie fast jeder Mord, eine Vielzahl von deprimierenden Dingen nach sich gezogen. Und Kost steckte mittendrin. Sie untersuchte diesen Todesfall nicht wie sonst, als distanzierte Beamtin, sondern war persönlich stärker involviert, als ihr lieb war. In diesem Punkt hatten Paula und Bettina absolut recht gehabt.

Sie schaute durch die Fensterscheibe dem Schneetreiben zu. Es wurde sehr früh dunkel und Kost fühlte den Blues. Am liebsten wäre sie umgekehrt und hätte die ganze Angelegenheit Bettina überlassen. Gleichzeitig wusste sie aber, dass sie es Johannes schuldig war, als Erste mit ihm zu sprechen. Ihre Beziehung schien auf Mord und Totschlag zu beruhen. Vielleicht würde sie auch deshalb enden.

*

Er öffnete Dora die Tür. Sie sah alles andere als glücklich aus. Als sie Elke, Maximilian und Dieter sah, schien sich ihre Laune noch zu verschlechtern. Johannes befürchtete, dass das kein guter Auftakt sei, um einen schönen und romantischen Abend zu verbringen.

Die Anwesenden tauschten die üblichen Begrüßungsküsschen und –floskeln aus.

Dann sagte Dora: „Würdet ihr Johannes und mich kurz entschuldigen? Ich müsste mit ihm etwas unter vier Augen bereden."

Sie zog den überraschten Johannes ins Schlafzimmer und schloss die Tür.

„Ich dachte, hier landen wir nach dem Abendessen", scherzte der Tester.

„Tut mir leid, Johannes. Für diese Kindereien habe ich jetzt keine Zeit. Ich muss etwas überaus Ernstes mit dir besprechen."

„Geht es um deine Biopsie?"

„Nein, nein. Ich habe die Ergebnisse noch gar nicht. Es geht um den Mord an Theo."

„Immer noch." Johannes seufzte.

„Ja immer noch. Vielleicht kannst du dich noch erinnern, wie du mir im Kulinarischen Treffpunkt von Theos plötzlichem Tod erzählt hast?"

„Klar, den Schock vergesse ich nicht so schnell."

„Du sagtest auch, dass Theo mit einer Bordeaux-Flasche erschlagen wurde."

„Stimmt, ich glaube, es war eine Flasche Talbot 1979."

„Bist du sicher?"

„Hm, ich denke schon. Wieso fragst du?"

„Dir ist schon klar, dass es sich bei dieser Tatsache um Täterwissen handelt. Die Polizei hält diese Information bisher unter Verschluss."

„Dora, du glaubst doch nicht allen Ernstes, dass ich Theo erschlagen habe, um danach mit dir gemütlich Essen zu gehen?"

„Ich versuche nur die Fakten zu klären. Mehr nicht. Aber wenn du es nicht warst, woher hattest du dann dieses Wissen?"

„Keine Ahnung“, schrie Johannes jetzt fast. Er war wütend und das zeigte er Dora auch. Zu allem Überfluss klingelte es erneut. Johannes stürzte aus dem Zimmer, um die Tür zu öffnen.

„Halt Johannes! Wir müssen das klären“, rief Dora hinter ihm her, folgte ihm dann aber.

„Verdammt Dora, du hast immer noch kein Vertrauen zu mir. Das ist einfach keine Basis für eine Beziehung“, entgegnete Johannes, nachdem er den Türöffner gedrückt und die Wohnungstür geöffnet hatte.

„Wenn ich dir nicht vertrauen würde, hätte ich sofort Bettina zu dir geschickt. Aber stattdessen bin ich selbst gekommen, um diese Situation in Ruhe mit dir zu klären.“

„Ganz toll, Dora.“

Er war froh, dass Dora ihm nicht direkt antworten konnte, weil Bernd vor ihm stand und ihn begrüßte.

„Hallo Bernd. Du kommst zur richtigen Zeit. Dora glaubt, ich habe Theo erschlagen.“

Bernd zeigte keine Reaktion und auch Dora schwieg dazu.

Johannes knallte die Wohnungstür hinter Haas zu und führte ihn ins Wohnzimmer zu den anderen. Er bemerkte den erstaunten Blick, den Bernd Elke zuwarf.

Dann eröffnete er seinen Gästen: „Dora ist gekommen, um mich zu verhaften. Was sagt ihr dazu.“

Alle Augenpaare richteten sich auf die Polizistin, die nach Johannes ins Zimmer trat.

„Das ist nicht ganz richtig“, verteidigte sich Dora. „Ich wollte von Johannes nur etwas erfahren, das gegebenenfalls zur Aufklärung der Mordfälle beitragen kann.“

„Was soll das sein?“ Johannes klang angriffslustig. Er war stinksauer.

„Wer hat dir von Theos Tod erzählt, als wir im Kulinarischen Treffpunkt saßen?“

„Wieso willst du das wissen?“

„Nun sag schon. Ich sage dir später, warum.“

„Das war Bernd. Bernd hat mich angerufen. Er war bei Theo zum Essen eingeladen, traf dort jedoch auf deine Kollegen von der Kripo. Aber das weißt du doch. Du warst dabei, als Bernd anrief.“

„Genau. Und die Kripo hat dir, Bernd, erzählt, dass Theo mit einer Flasche Talbot getötet wurde.“

„Stimmt, habe ich Johannes doch erzählt.“

„Wir haben nur ein Problem bei der Sache, Bernd. Diese Information hat die Kripo für sich behalten, da es sich dabei um Täterwissen handelt. Du konntest das gar nicht wissen, hast es aber dennoch Johannes erzählt. Der Witz dabei ist, nur ein echter Weinkenner achtet darauf, mit welchem Wein er jemanden umbringt. Den gemeinen Mörder schert das nicht weiter. Der hätte einfach irgendeine Flasche gegriffen. Ich vermute, Bordeaux war dir lieber als eine gute Flasche Pinot Noir.“

Nach Kosts Ausführungen blickte sich Bernd ruhig in der Runde um. Dann zog er einen alten Armeerevolver aus der Tasche seines Wintermantels, den er bisher nicht abgelegt hatte.

„Ich hätte nicht gedacht, dass ich es einmal bedauern könnte, guten Wein zu schätzen. Aber das Leben ist zuweilen sehr ungerecht.“

Johannes und die anderen schauten wie gebannt auf den Revolver in Bernds Hand. Nur Dora fand ihre Sprache wieder. Sie wirkte ganz gelassen.

„Mich würde das Motiv interessieren. Außerdem, ob Taus Tod und Kais Verschwinden etwas mit dem Mord an Theo zu tun haben?“

„Neugierig bis in den Tod. Was Dora? Frauen können einfach nicht anders“. Haas verzog verächtlich sein Gesicht. „Na schön, aber setzt euch alle erstmal aufs Sofa, wo ich euch im Auge behalten kann.“

Die Angesprochenen kamen der Aufforderung nach. Da das Sofa

zu klein war, setzten sich Johannes und Dora rechts und links auf die Armlehnen.

„Ich liebe Pinot Noir", begann Haas seine Ausführungen. Er fühlte sich offensichtlich absolut sicher in dieser Situation. „Und ich liebe besonders die großen und teuren Gewächse, die erst im Alter ihre volle Schönheit eröffnen. Zehn große Burgunder sind wie die zehn Gebote, sie sind die Essenz des Seins. Erst wenn sie getrunken sind, ist mein Leben vervollständigt."

Haas Augen glänzten und seine Pupillen weiteten sich. Für Kost war der darin abzulesende Wahnsinn nicht zu übersehen.

Doch Haas fuhr ungerührt fort: „Nur leider kann ich mir die besten Weine der Welt nicht leisten. Mir fehlt das Geld. Auch mir hat die Finanzkrise schwer zugesetzt. Die Kunden blieben aus. Oder diese Weine sind auf dem Markt erst gar nicht zu bekommen. Sie verrotten in den Kellern irgendwelcher Amerikaner, Asiaten oder anderer Weinanalphabeten, die die Weine nur aus Prestigegründen aufgekauft haben. Also habe ich beschlossen, mir die wertvollen Flaschen einfach zu nehmen. Und bei Theo habe ich angefangen. Mir war bekannt, dass er eine solche Flasche besaß. Was keiner wusste, ich hatte einen Zweitschlüssel zu seinem Haus. Er hatte ihn bei mir, seinem guten Freund, hinterlegt, falls er seinen verlieren sollte. So kam ich ins Haus. Ich wollte eigentlich nur eine Flasche La Tache 1962 mitgehen lassen. Aber blöderweise musste Theo ja früher als geplant nach Hause kommen und in seinen Keller gehen. Da musste ich schnell und konsequent handeln."

„Eine nicht nur konsequente, sondern auch finale Lösung", sagte Kost. „Und unglaublich dumm!"

„Moment", warf von Lofte plötzlich ein. „Du hast ein teures Bild bei mir erstanden, hattest aber nicht das Geld dafür? Wie wolltest du es bezahlen?"

„Eigentlich gar nicht, Maximilian. Ich brauchte unbedingt ein Geschenk für Elke. Und du, als mein Freund hättest mich doch sicher nicht auf die Summe verklagt, oder? Im anderen Fall hätte ich dich vielleicht einfach umgebracht." Von Haas war ein schnoddriges Lachen zu hören. Maximilian dagegen erschauderte.

Haas setzte sein Geständnis fort: „Danach war ich auf der Suche nach einem Grands-Echézeaux 1988. Krawald hatte den leider nicht. Ich habe mich übrigens für dich ausgegeben, Johannes, als ich Krawald auf der Weinmesse getroffen habe, du entschuldigst doch sicher. Aber Kai besaß den Wein. Er hatte mir davon erzählt. Also habe ich Kai vor seinem Haus aufgelauert, ihn niedergeschlagen, nachdem er die Tür aufgeschlossen hatte und mir die Flasche besorgt. War ein Kinderspiel. Blöd nur, dass dieser dämliche Tau mich dabei beobachtet hat. Ich hatte vor Ewigkeiten als Versicherungsmakler mit ihm zu tun. Trotzdem erkannte er mich wieder und hat versucht, mich zu erpressen. Aber das ist ihm nicht gut bekommen. Der war sehr überrascht, als er in meinen Armen verblutete. Aber vorher hatte dieser Idiot auch noch versucht, bei Kai abzukassieren. Ist ihm auch gelungen. Kai konfrontierte mich mit Taus Informationen. Er war ziemlich wütend."

„Und dann hast du Kai erledigt?", fragte Johannes aufgebracht und sprang auf.

„Setz dich wieder, Johannes", zischte Haas. „Was blieb mir anderes übrig? Ich bat ihn, Platz zu nehmen, goss ihm ein Glas Chardonnay ein, zog ihm dann von hinten eine Tüte meiner Lieblingsweinhandlung über den Kopf und erstickte ihn." Dora sah, wie Elke tonlos zu weinen begann. Tränen liefen ihr über die Wangen.

Dora fragte: „Wo hast du Kais Leiche entsorgt?"

„Der liegt auf dem Grund des Rheins, festgebunden an Kisten seines eigenen Weins, den ich in seinem Kofferraum gefunden habe. Hatte er wohl gerade gekauft. Chateau Certan. War nicht schade drum. Und heute bin ich zu dir gekommen, Johannes, um mir die Flasche Romanee Conti 1945 zu holen, die du unverschämterweise besitzt. Ich glaube kaum, dass du so was zu schätzen weißt. Wohl auch nie mehr eine Chance hast, um das herauszufinden." Haas grinste dreckig.

Montus und Kost wechselten einen kurzen Blick. Beide sprangen zur gleichen Zeit auf. Montus bewegte sich von rechts auf Haas zu, Kost von links. Der Angriff kam überraschend, aber nicht überraschend genug. Franz schrie spitz auf. Von Lofte duckte sich hinter den Wohnzimmertisch. Dieter schrie: „Fuck".

Haas schoss auf Montus, der getroffen gegen ihn knallte. Beide fielen nach hinten. Kost hatte sich zwischenzeitlich eins von Johannes Souvenirmessern geschnappt, das auf einer Ablage neben dem Sofa lag.

Wahrscheinlich erst kürzlich in irgendeinem Restaurant geklaut, dachte Kost und fand den Gedanken irrwitzig.

Sie hechtete in Richtung der beiden am Boden liegenden Männer, aber Haas verpasste ihr einen linken Haken, bevor sie ihm das Messer an den Hals setzen konnte. Haas versuchte sich von dem leblosen Körper des Testers zu befreien. Er bekam die Waffe frei und drückte ab. Kost spürte ein Stechen im linken Bein und prallte mit dem Rücken gegen Schmitz, der plötzlich hinter ihr stand und über sie fiel. Dieses Kuddelmuddel hielt Kost aber keineswegs von dem Versuch ab, sich erneut auf Haas zu werfen, bevor er noch einmal schießen konnte. Zudem hatte sich ein heftig aus der Seite blutender Restaurantkritiker in Haas rechte Hand verbissen. Das gab Kost die Zeit, Montus Andenken-Messer in die rechte Schulter des Mörders zu stoßen. Haas schrie auf und ließ die Waffe los. Kost langte nach ihr, bekam sie in die Finger und hielt sie Haas vor die Nase: „Noch eine Bewegung und ich mache aus deinem Gehirn Mousse au Chocolat."

HEILIGABEND

Ein Streifschuss hatte Kost am Bein erwischt. Ihr Gesicht verzierte ein violettes Veilchen. Keine große Sache, wie Paula in der Klinik diagnostizierte. Gleichzeitig teilte sie Kost mit, dass sie sich um die Untersuchungsergebnisse ihrer Biopsie bemüht hatte. „Ich hatte schließlich mitbekommen, dass du gestern, an sich aus nichtigem Grund, keine Gelegenheit mehr hattest, dich danach zu erkundigen." Paula grinste.

„Ich war beschäftigt, verdammt nochmal!", antwortete Kost. Erst dann sah sie Paulas Lachen.

„Willst du nun wissen, was meine Kollegen gefunden haben oder willst du weiter auf stur machen?"

„Nun sag schon! Nach gestern werde ich das auch noch verkraften." Kost runzelte die Stirn, sie war auf alles gefasst.

„Sehr schön, dann will ich es kurz machen. Man hat nichts gefunden, was Anlass zur Sorge gibt, du Teufelsweib. Die Anreicherungen, die dein Arzt gesehen hat, sind voraussichtlich hormonell bedingt."

Beide Frauen umarmten sich und lachten. Die Erleichterung war beiden nur zu gut anzusehen.

Von Bettina wusste Dora, dass Haas ihren Angriff mit dem Messer überlebt hatte.

Nach der Operation stellte Stammfeld ihm eine Wache vor das Krankenzimmer. Sie hatte schon die Aussagen von Kost, Schmitz, Franz und von Lofte aufgenommen.

Bei dieser Gelegenheit unterrichtete sie Maximilian auch darüber, dass sich sein Galerist, Markus Daun, in seiner Wohnung erhängt hatte. Damit würde von Loftes geplante Ausstellung ausfallen.

Johannes litt unter einem glatten Durchschuss in Bauchhöhe.

„Eigentlich ist nur das Fett getroffen worden“, witzelte Paula, als sie mit der auf Krücken humpelnden Dora vor Johannes Bett stand. „Aber ihr hattet beide mehr Glück als Verstand. Ihr könntet beide tot sein.“

„Wir wären jetzt tot, wenn wir nicht ein so gutes Team wären“, entgegnete Dora. „Bernd war drauf und dran, uns zu beseitigen, wie er das schon mit den anderen gemacht hatte. Wir mussten was unternehmen. Johannes und ich wussten das.“

„Also habt ihr gemeinsam zugeschlagen?“, spöttelte Paula.

„Ich dachte mir schon, dass ein Weintrinker als Schütze ein Amateur ist. Unsere Chancen standen zumindest fünfzig zu fünfzig“, erwiderte Dora.

„Wir haben nur ein Problem“, mischte sich Johannes in die Unterhaltung ein. „Ich glaube nicht, dass ich mich heute, am Heiligen Abend, in die Küche stellen kann, um zu kochen. Das gibt meine physische Verfassung noch nicht her.“

„Du sollst auch im Krankenhaus bleiben, mein Lieber.“ Paula setzte einen strengen Blick auf.

„Du musst dich unbedingt schonen.“ Kost tätschelte ihm die Schulter.

„Kommt nicht in Frage. Nicht an Weihnachten. Ich verlasse das Krankenhaus zur Not auch im Rollstuhl.“

*

Er stand an Johannes Herd und rührte in dessen Töpfen. Als er gehört hatte, was passiert war, hatte er sich spontan angeboten, für Johannes Weihnachtsgesellschaft zu kochen. Schließlich sollte der Restauranttester ja noch im alten Jahr die Chance bekommen, seine Kochkünste zu beurteilen.

Enis Akisik, der Koch aus dem Restaurant Kulinarischer Treffpunkt, hatte sich ein Menü ausgedacht, das mit Johannes Einkäufen harmonierte. Den Rest hatte er kurz entschlossen aus seinen eigenen Beständen mitgebracht. Für Heiligabend waren geplant: ein Thunfischcarpaccio mit Limonen-Senf-Sauce und gebratener Jakobsmuschel, in Rapsöl pochierter Meersaibling mit Tomatenschuppen auf Kräutersauce, ein Hirschkalbsfilet mit gratinierten süßen Karotten auf Kastaniensauce und verschiedene gebrannte Cremes mit einem Joghurteis.

Seine Frau Barbara kümmerte sich um den Service bei Tisch. Das war auch nötig, denn die anwesenden Gäste waren entweder seelisch oder körperlich angeschlagen. Die Nachricht von Kais Tod, dessen Leiche von den Polizeitauchern immer noch nicht gefunden worden war, lag den Freunden schwer auf der Seele.

Dieter und Elke saßen nebeneinander und unterhielten sich über die schrecklichen Ereignisse vom Vortag. Paula und Dora kümmerten sich darum, dass Johannes es einigermaßen bequem hatte.

Johannes Gemütsstimmung war zwiegespalten. Auch er trauerte um seine beiden Kumpels. Gleichzeitig war er froh, dass er dieses Abenteuer überlebt hatte und dass Doras Untersuchungsergebnisse in Ordnung waren.

Was Johannes jedoch verwirrte, war die Tatsache, dass er von Dora mit Geschenken überhäuft wurde.

„Ich dachte, du hasst diesen Weihnachtsrummel und irrationalen Kaufrausch“, bemerkte er lakonisch und küsste sie innig.

„Irgendwie habe ich mich hinreißen lassen. Kommt bestimmt nicht mehr vor.“

Johannes war sich sicher. Heute würden sie bei gutem Essen und exzellenten Weinen ihre gemeinsamen Erinnerungen an ihre toten Freunde austauschen, sich Geschichten voneinander erzählen, die erfreulichen und weniger erfreulichen Zeiten wieder aufleben lassen. Und unglaublich sentimental werden angesichts des Überschwalls an Gefühlen und Alkohol.

Maximilian, der sich doch noch über den Insektenkochkurs gefreut hatte, oder zumindest so tat, schenkte zur Feier des Tages Champagner von Krug aus und hatte schon den Sassicaia 2006 dekantiert, den es zum Hirsch geben sollte. Dora hatte nach Rücksprache mit Akisik darauf bestanden, dass es zum Essen auf keinen Fall einen Burgunder geben durfte.

DANK

Es ist an dieser Stelle mehr als angebracht, den vielen Gastronomen, Winzern, Lebensmittel- und Weinhändlern zu danken, die meinen Gaumen und meine Zunge im Guten wie im Schlechten über viele Jahre geschult haben.

Daneben war es durchaus kein Unglück, dass meine beiden Großmütter große Köchinnen waren und meine Mutter dieses Talent geerbt hat. Die Probeessen mit der Familie für die Kochbücher meiner Mutter sind legendär.

Insbesondere verdanke ich meine Genussfähigkeit meinem Vater, der immer der Meinung war, dass die Menschen, die genießen können, eine privilegierte Spezies sind und dafür überaus dankbar sein sollten. Posthum möchte ich meinem Vater in diesem Punkt vollständig zustimmen. Außerdem war seine zweite Frau Italienerin. Mehr brauche ich wohl nicht zu sagen.

Natürlich wäre dies alles gar nichts wert, wenn nicht meine eigene Frau eine ausgewiesene Spitzenköchin wäre. Ihre Menüs haben inzwischen Kultstatus im Verwandten- und Freundeskreis erlangt. Und das nicht zuletzt auch wegen ihrer vegetarischen Kompositionen. Meine überschüssigen Pfunde legen unübersehbares Zeugnis davon ab. Dafür möchte ich mich ausdrücklich bedanken.

Für das Wagnis, meine potentiell kalorienhaltigen, kulinarischen Krimis zu publizieren, möchte ich ganz herzlichen Jeannette Graf und ihrem Team im Scylla Verlag danken. Diese Damen mit ihren frischen wie unorthodoxen Ideen rocken das Verlagswesen.

Ebenfalls im Scylla Verlag erschienen:

ISBN: 978-3-945287-26-2